Grazia Deledda

Il cedro del Libano

Texte et illustration de couverture : © domaine public
Edition : Culturea (Hérault, 34)
Contact : infos@culturea.fr
Retrouvez notre catalogue sur http://culturea.fr
Imprimé en Allemagne par Books on Demand
Design typographique : Derek Murphy
Layout : Reedsy (https://reedsy.com/)

Dépôt légal : janvier 2023
Tous droits réservés pour tous pays

ISBN : 9791041842612

IL GIUOCO DEI POVERI

In quel tempo ci piaceva il giuoco dei poveri: cioè fingere di essere realmente poveri, di aspettare il soccorso del prossimo e, se occorreva, andare ad elemosinarlo. Il fatto dipendeva dalla morte serena e improvvisa di una vecchia mendicante che da mezzo secolo viveva in una specie di legnaia in fondo al nostro orticello. Avrebbe dovuto pagarne il fitto - quindici soldi al mese - ma se n'era andata con tutti gli arretrati; e mio padre anzi pagò i funerali.

- Troveremo poi il gruzzolo che deve aver lasciato nascosto in qualche buco - egli disse; ma non si aveva mai il tempo, né la voglia e neppure l'illusione di trovarlo davvero.

La sua fortuna, la vecchia gobbina, la lasciò tutta a noi, ragazzette romantiche ma non tanto, che ci si installò nel suo domicilio per fingere, dunque, di *giocare ai poveri* e per fare il comodo nostro. Ella aveva lasciato la stamberga relativamente pulita, con un saccone di stoppie coperto da una ruvida coltre, dono di mia madre; uno sgabello, del quale, del resto, si poteva fare a meno perché negli angoli c'erano, come nei boschi, ceppi e tronchi d'albero più comodi di certe sedie civili; un'anfora di creta, sbocconcellata; un canestrino con rimasugli di pane che parevano sassolini; e infine il bastone.

Ah, di questo, proprio, ne presi io il sacro possesso, sebbene, quando era necessario farne uso, gli avvolgessi il pomo nodoso col fazzoletto da naso. Era tutto unto, questo bastone, e nei giorni di caldo pareva sudasse. E già faceva caldo: luglio, con gli alberi dell'orto e degli orti attigui pesanti di verde, palpitanti di cicale; e l'arsura profonda ma asciutta e non polverosa delle lunghe siccità meridionali, che alla notte, sotto la luna, ha un odore quasi inebbriante di erbe che languiscono, di fiori aromatici che resistono ad ogni calore.

Ma le ore più belle, per le tre, o quattro, a volte anche cinque ragazzine, riunite nella casa della mendicante, erano quelle che precedevano l'incanto notturno: le ore del lungo vespero, quando la mamma preparava la cena, e dalla cucina verso la porta opposta dell'orto arrivava l'odore delle patate fritte con un po' d'aglio, e delle animelle infarinate.

A noi, che importava della sicura cena materna? Noi eravamo povere mendicanti, senza pane, senza luce, tranne quella della luna; anche senza acqua, perché tanto era scarsa quella delle distanti fontane che la serva minacciava di rompere la *nostra* brocca se, di nascosto, la si riempiva a quella della casa.

Tempi crudeli, di antica leggendaria carestia: nessuno dava un obolo, un pane, una crosta di formaggio, alle povere mendicanti, che al crepuscolo, dunque, mentre gli altri bambini, anche quelli poveri sul serio, giocavano nella strada il sontuoso e danzante gioco degli ambasciatori, con relative nozze e regali di gioielli e vestiti mai veduti, ritornavano stanche, curve, affamate, - affamate davvero, questa volta, - al loro triste e mirabile rifugio.

La più vecchia sedeva sullo scalino della porta, col bastone al quale pareva avessero rotta la testa, abbandonato al suo fianco: era tragica, in apparenza, o, più che tragica, arcigna e preoccupata per le ingiustizie sociali, - chi troppo ricco, come don Francesco Antonio Maria Valadier Castillo che s'era fatto costruire un inutilissimo palazzo nelle sue *tancas* solitarie, con fontane segrete; chi povero come le mendicanti scalze (questo perché lo volevano loro, di nascosto della madre, e soprattutto della serva) assetate e con lo stomaco più vuoto della loro stamberga -. Sì, arcigna e desolata, nel viso corrucciatissimo, ma in fondo beata come un cherubino, appunto per la visione del palazzo e delle misteriose fontane di don Francesco Maria Castillo, laggiù, nelle *tancas* solitarie, azzurre alla luna, con le perle delle lucciole sul velluto verdone del musco.

Le altre mendicanti sedevano sui tronchi degli alberi, sospiravano, si pizzicavano, sbadigliavano. Una si era buttata sul giaciglio della vecchia e brontolava il rosario: ma d'un tratto si alzò urlando e corse fuori. E fuori anche le altre, atterrite.

- Che hai veduto? Che hai veduto? Lo spirito della vecchia?

- Accidenti a lei: nel saccone ci sono ancora le pulci.

Poi, qualcuna pensò bene di cambiar metodo. Ed ecco che, all'ora del convegno, arrivava, imitando a perfezione la vecchia gobbina, appoggiandosi a un pezzo di canna, con un fazzolettino pieno di roba. Balbettava:

- È tutto quello che ho potuto avere: oggi c'è stato un matrimonio; oggi c'è stata la consacrazione di un prete.

E dal fazzolettino venivano fuori, se non abbondanti, squisite offerte: frittelle con lo zucchero, fettine di salame, frutta primaticce.

L'assistenza era ancora scarsa: ma ci pensò bene l'amica Francesca a renderla più proficua; anche perché era di natura generosa, lei, generosa e vanitosa: non invano s'inorgogliva di una lontana parentela spagnolesca con don Francesco Antonio Maria Castillo.

Ed ecco inventò le feste campestri, i battesimi di lusso, persino i funerali dei ricchi, quando ai mendicanti vengono distribuite copiose elemosine. E portò non fazzolettini ma fazzolettoni di roba: e una sera, caldissima, persino le granite di limone, che si scioglievano entro una tazza di cristallo.

A questo punto della storia apparve un personaggio importante. Era un professore, di liceo: abitava in una casa il cui orto confinava col nostro: ritornava per le vacanze. Lo si conosceva di vista, ma era come se per noi non esistesse. D'un tratto, però, la sua figura cascante, già grigia e disfatta, apparve in maniche di camicia e in pantofole, sul muricciuolo di divisione e dominò il nostro orizzonte. Con la mano scarna e tremula come quella di un vecchio malato mi accennò di avvicinarmi: con un vago terrore mi avvicinai, prendendo, per istinto di difesa, l'atteggiamento della vecchia mendicante, alla quale neppure satanasso avrebbe potuto far male.

Il professore non mi vedeva: non vedeva nulla: i suoi occhi erano vuoti come quelli delle statue. Domandò:

- La vecchia è morta?

- È morta.

- Allora dirai a tuo padre che la stanza della legnaia appartiene a noi, a me. Lui lo sa benissimo, l'usurpatore. Pensi dunque a restituirla: altrimenti son liti, avvocati, tribunali.

- Corbezzoli! - disse il mio babbo, nel sentire l'ambasciata: poi si volse a mia madre: - Tu sai che l'infelice, non si sa bene per quale ragione, s'è dato a bere.

Fatto sta che le mendicanti continuarono a frequentare il rifugio, ma con paura: paura del professore, che passeggiava sempre nel suo orto pieno di ortiche, scompigliandosi i capelli con la mano irrequieta; paura di un essere quasi inumano, che, senza ragione, per uno di quei terribili misteri della vita, aveva smarrito la sua limpida strada.

E una sera egli saltò il muricciuolo, perdendo una pantofola, e, senza darci il tempo di fuggire, venne a piantarsi davanti al nostro gruppo impaurito e tuttavia felice dell'avventura: piegò la testa, che sembrava irta di spine; la sollevò con fierezza, sporse il mento e chiuse gli occhi. Disse:

- Dio era buono e di buon umore quando creò gli uccelli, i pesci, i dolci animaletti delle foreste: anche quando creò le pecore, i cani, le scimmie non c'era male. Ma un giorno ch'era nervoso creò l'uomo: quanto di peggio si può pensare da un Dio maligno. E poi, per maggior cattiveria, i leoni, le tigri, le vipere, la donna: tutto per contorno al piattino dell'uomo.

A bocca aperta noi si ascoltava, senza capire. Si capiva, solo, che egli aveva bevuto: a pensarci bene, adesso, si può dire che forse egli non aveva bevuto: ma quando uno gode cattiva fama...

Piuttosto ci colpirono altre sue parole.

- La vecchia doveva aver quattrini: li ha nascosti, qui dentro, e mi sorprende che l'usurpatore non li abbia ancora scovati. Ma voi, creature, fate bene il vostro gioco: vivere da poveri, accanto a un tesoro nascosto, senza intaccarlo, senza neppure conoscerlo. La casa però è mia: lo hai detto, a tuo padre?

- Ma che vada all'inferno; e che vi lasci in pace, altrimenti gli rompo il testone col randello della vecchia - disse mio padre: e ci proibì di ritornare nella legnaia.

In ottobre si seppe una triste cosa: il professore, con sollievo della sua famiglia ed anche con sacrifizî finanziari di una sua vecchia zia, era ritornato alla sua sede: ma una notte ritornò a casa d'improvviso, ubbriaco, e, poiché non vollero aprirgli la porta, andò a dormire nella legnaia, sul saccone della vecchia.

- Lasciamolo stare, - disse mio padre, - tanto ha poco da vivere.

Infatti fu così. Agli ultimi di ottobre fu trovato morto, sul saccone della vecchia: morto di stenti, di orgoglio, di fantasticherie. Ma il suo viso era tranquillo, quasi sorridente. Sotto la sua testa, entro il saccone, fu rinvenuto il gruzzolo della mendicante: anche lui non lo aveva cercato.

Faceva ancora caldo: cadevano, sì, le foglie scarlatte degli alberi, ma i peri, dai quali pendevano ancora i frutti gialli, lucidi e grossi come piccole campane d'ottone, s'erano rimessi sordidamente a fiorire.

CUORI SEMPLICI

Per la millesima volta, forse, in vita sua, l'uomo seduto fra i cespugli della duna trasse il portafogli di pelle chiara, gonfio e caldo, che gli dava l'impressione di un suo stesso membro, e ne tolse un foglietto piegato in quattro: avrebbe potuto non leggerlo, tanto lo sapeva a memoria e le parole, anzi, gli si erano impresse nella carne, vive anch'esse e parte di sé stesso; ma no; lo spiegò con cautela, poiché la carta minacciava di aprirsi e quasi di volatizzarsi; rilesse le diaboliche righe: «Figlio d'ignoti, sguattero di bordo sempre in salamoia, Rosa Bini non è pane per i tuoi denti».

C'era la luna, alta sul mare così calmo che sembrava di alabastro; il suo chiarore permetteva all'uomo non solo di rileggere il foglietto, ma di distinguere, entro il portafogli, i biglietti di banca del quale era zeppo: quelli grossi in un reparto, quelli più modesti in un altro: i cartoncini da visita, le piccole fotografie; e il quadrifoglio-fantasma che, dentro un astuccio di carta velina, riserbava tutto per sé un ripostiglio centrale fermato da un gancio a molla.

Anche le cose, intorno a lui, fino alle lontananze dell'orizzonte, gli apparivano nitide e chiare, come sotto un sole bianco; ecco laggiù il piccolo molo, che sembra la coda del nero villaggio dei pescatori steso sul prato di gramigne; poi le antiche ville dei signori del luogo, con portici e balconi inondati di luna; e più in qua i villini recenti e l'albergo nuovo, a un solo piano, rotondo e rosso-giallo, posato come una torta sul vassoio argenteo delle terrazze sul mare: e che era suo. Suo, di sua esclusiva proprietà, col piazzale alberato davanti, la fontana, le statue: suo, del figlio d'ignoti, dello sguattero in salamoia; mentre al suo fianco, oltre la breve duna mobile spinosa di cardi selvatici, il recinto di rete metallica arrugginita, e, in mezzo, fra un'ortaglia grama, la casupola di Amedeo Bini, il salinaro ubbriacone e prepotente, rimaneva sempre la stessa, anzi peggiorata, d'un bianco sporco, il tetto spennacchiato, messa come in bando, come un lazzaretto, lontana dall'abitato.

Eppure quella triste casa era forse ancora, per il quadrato albergatore, la più interessante di tutte, poiché ci viveva, già anziana ma sempre bella, col vecchio padre paralitico, quella Rosa dalle lunghe trecce azzurrognole attorte sulla piccola testa di schiava; che, appunto come una schiava, si era piegata al suo grigio destino.

Adesso egli aveva cuochi patentati ai suoi comandi, sguatteri e camerieri: gli affari andavano bene: tutte le ragazze del villaggio, che sapevano di pesce ma anche di tinture e di profumi, e quelle del borgo dei salinari, ricchi a seconda la prodigalità del sole d'estate, non ricordavano che egli era "figlio d'ignoti" e aveva girato il mondo con un grembiale di tela di sacco avvolto intorno alle reni di pinguino: e neppure badavano alla sua testa già calva e al viso ancora abbrustolito dal fuoco dei fornelli e dalla salsedine dei lunghi viaggi: anche lui le guardava, poiché gli occhi li aveva buoni e vivi, e permetteva che alcune di loro, del resto ben vestite e meglio accompagnate, prendessero posto, nelle sere della stagione, ai tavolini delle sue terrazze: ma in fondo al cuore gli rimaneva come un rimasuglio di salamoia, e l'idea che sulle carte del matrimonio sarebbe stata impressa quella sigla di mistero e di vergogna, quel ricordo di genitori "ignoti" lo allontanava, forse per sempre, da una seconda richiesta di nozze. O forse, dal fondo salmastro del suo rancore, germogliava ancora una speranza, una fantasia, simile a quei fiori delle saline che sembrano morti e son vivi, e per campare, anche tolti dal cespuglio, non hanno bisogno d'acqua, ma si nutrono da sé per anni ed anni.

Che fosse andato a cercare fin laggiù, adesso che l'albergo era chiuso e gli rimaneva tempo e volontà di svagarsi, non sapeva bene neppure lui. La notte di primo autunno era ancora tiepida, e si sentiva anzi, nell'aria, dopo una giornata di sole, un odore quasi primaverile. Al largo, sul mare chiarissimo, si vedevano le paranze, soffuse di azzurro, andare come in sogno; o meglio quali fantasmi, irreali ma quieti; fantasmi felici; come, del resto, tutto aveva del fantastico, in quella notte per sé stessa così diversa dalle altre; e il suo albergo, la sua fortuna, l'ombra medesima che si accovacciava al fianco e in qualche modo gli mostrava il suo corpo, un giorno povero e scarno, adesso forte e squadrato, sembravano all'uomo distaccati e lontani dalla realtà. Poiché in fondo, egli conservava anche un senso melanconico e timidamente stupito della vita: gli sembrava sempre di sentire il vuoto e l'inumano clima del neonato buttato via alla terra, dal calore del grembo materno, come un detrito quasi immondo; e l'umiliazione panica della prima fanciullezza, poi quella, cosciente e fra rabbiosa e rassegnata, della giovinezza pur seria e laboriosa, e lo stesso suo modo di tirare avanti l'esistenza, fra mare e cielo e il caldo e i cattivi odori delle stive e di una umanità grezza, a lui, se non nemica, indifferente, gli davano un senso di deformità quasi fisica, come se egli fosse un gobbo o uno storpio, esiliato dal giardino degli uomini.

Ma la bontà naturale, la sua stessa mansuetudine di bestia maltrattata stendevano una luce quasi mistica intorno a lui; come quella che la luna, adesso, spandeva sulle cose assopite, se non morte.

Assopita doveva essere anche la donna, nella sua casupola, o forse anche lei piegata a risalire il corso della sua grama giornata, poiché si vedeva ancora un barlume non di candela ma di fuoco alla finestra che l'antico cuoco di bordo sapeva essere quella della cucina. Gli sarebbe bastato, come altre volte, scavalcare la rete, per accostarsi alla finestra, e almeno vederla; ma non ne aveva neppure il desiderio: gliel'avevano descritta così fredda e melanconica che l'antico sogno si era pur esso sbiadito e irrigidito; almeno sembrava: come i fiori delle saline.

Sembrava. Poiché il cuore gli si destò dentro, con un improvviso fremito quasi di spavento, quando la porta della casetta si aprì e ne uscì, chiara alla luna, una figura di donna. Aveva stretto intorno alla testa, e legato sulla nuca, un fazzoletto scuro: sulle prime, però, nel barbaglio della sua commossa visione, all'albergatore parve che la donna fosse a testa nuda, coi folti capelli bruni avvolti e annodati come Rosa usava acconciarseli. Ma questa che si avanza fino al cancelletto della rete e lo apre, e s'inoltra nella striscia di sabbia dura che sfiora la duna dov'egli rimane immobile e mortificato, questa non è Rosa: è anch'esso un fantasma, silenzioso e grigio coi piedi nudi, il viso più pallido ed evanescente di quello della luna, coi lineamenti che vi sembrano appena disegnati, e, mistero illogico come quelli dei sogni, gli occhi chiusi. Inoltre aveva in mano uno strano arnese, fatto a cerchio, che all'uomo parve una specie di salvagente: e poiché ella passava dritta, senza vederlo, avanzando fino alla riva, egli ebbe l'impressione che, illusa dal calore della sera, ella, come usano a volte le contadine, andasse a bagnarsi.

Giunta presso l'acqua, invece, si fermò, sedette agile per terra, versò alcune manate di sabbia entro il recipiente e lo scosse a lungo. Era un setaccio: e quando la sabbia fu ripulita, ella, come forse usava da bambina, ne formò uno di quei grossi pani da contadini, tutto ben lisciato intorno, e con la croce nel centro.

- È pazza, o è sonnambula? - egli si domandava: e ne provava, in tutti i casi, un dolore indefinibile, ma più profondo di quanti ne aveva sentiti; quello della fine irrimediabile del suo sogno.

Tuttavia attese ch'ella finisse la sua infantile faccenda: accovacciata presso il pane ella però non pareva disposta a muoversi: solo, col dito, segnava e cancellava alcune lettere sulla sabbia. Ed egli credeva di leggervi il suo nome.

- È pazza? È sonnambula? - continuava a domandarsi. Nel primo caso avrebbe voluto afferrarla, ricondurla dal padre e dirgli: «Vecchio boia, ecco il pane che adesso fa tua figlia: mastica tu, adesso, se puoi»; se ella era invece malata di sonnambulismo bisognava non svegliarla, poiché poteva morirne.

Che fare? Il tempo passa, già un velo d'umidore sale dal mare, e non è prudente, né per lei né per lui, trattenersi oltre in quel luogo solitario dove può anche trafficare qualche malvivente.

Infine egli si decise: imitando il modo furtivo e trasognato col quale ella era venuta, si avanzò fino a lei: non osava parlare, ma ricordava che i sonnambuli, se si svegliano spontaneamente, non soffrono danno.

E attese, un momento, che fu uno dei più ansiosi per il suo trepido cuore d'uomo semplice: ed ella si svegliò: i suoi occhi, nel suo viso di medusa, erano quelli di un tempo: ed anche la sua voce, quando disse, con una certa canzonatura: - Ti avevo veduto, sai.

VECCHI E GIOVANI

Il cortile era in comune; se cortile poteva dirsi lo spiazzo triangolare che divideva e univa le tre casupole ai suoi angoli, una più malandata dell'altra; tutte e tre abitate da gente laboriosa e tranquilla, rassegnata al suo umile destino. Un muro a secco, di grosse pietre, chiudeva il recinto; vi si vedevano, al di sopra, i monti neri e turchini, di schisto, che al sole parevano di metallo; e anche le rocce che affioravano qua e là sul terreno erboso dello spiazzo, - levigate dai piedi duri e scalzi di molte generazioni di ragazzi che vi avevano pestato sopra, - erano della stessa natura: alla luna sembravano bestie accovacciate, mansuete; di giorno servivano da sedili alle donne, e agli uomini a sollevarvi e a posarvi il piede quando si allacciavano lo sprone e poi saltavano sui cavalli pazienti, per recarsi ai campi.

Adesso, però, non c'erano più ragazzi, le tre famiglie essendone sprovviste; anzi, si può dire, mancavano pure gli uomini, poiché uno di essi era *al servizio del Re* cioè a fare il soldato, e degli altri due, padre e figlio, il vecchio giaceva mezzo paralitico in fondo ad un androne, e l'altro già abbastanza anziano anche lui, pastore di vacche brade, era sempre fuori di casa, nel suo lontano ovile.

Nelle due casette davanti, verso la solitaria straducola che conduce al cimitero sotto i monti neri, abitavano poi solo due donne: la vedova selvatica di un contadino, che dopo la morte del marito viveva rintanata nella sua stamberga, sempre a filare, rigida e taciturna come una Parca. Non l'aveva richiamata alla sua antica gaiezza neppure il recente matrimonio della figlia giovanissima, anche perché era stato un po' melanconico, cioè celebrato prima che lo sposo, diffidente e geloso, partisse per il servizio militare. E anche la sposina, che la madre lasciava viver sola nell'altra casetta, non sembrava allegra: andava a cogliere le olive nel piccolo predio del marito, lavorava in casa, e spesso si accovacciava sullo scalino della porta guardando lontano e sospirando: ma a volte, come presa da mattìa o spinta da una violenza interna, balzava su, snodandosi le lunghe trecce nere e lucenti "come ala di corvo", e si protendeva sul muro del recinto, come quando aspettava i convegni col suo fidanzato: così usava fare la bella della fiaba, lanciando dal balcone le trecce perché l'amante le afferrasse per salire fino a lei.

La moglie vecchiotta e bisbetica del pastore di vacche trovava molto da criticare nella bruna irrequieta sposa, ed anche nella madre che non la sorvegliava: e a lungo parlava male di loro col suocero, chiamandole pazze e peggio ancora; fino a stancare l'infermo che pensava solo all'eternità. Anche col marito, quando al sabato sera tornava per cambiarsi la camicia, non parlava d'altro, con insinuazioni maligne: tanto che egli si infastidiva e difendeva la piccola sposa solitaria, che, dopo tutto, aveva sangue vivo in corpo, e che corpo, maledetto sia Giuda, non muffito come quello di certe donne. La moglie si offendeva, replicava, lo caricava d'ingiurie, tanto che egli se ne andava all'osteria e non tornava che a mezzanotte; poi, dopo aver ascoltato la messa dell'alba, riprendeva la via dell'ovile, rigido in sella, con la barba brizzolata, sì, ma gli occhi vivi, verdi e azzurri di tutta la fresca luce del mattino.

La moglie, non avendo di meglio, andava a lamentarsi di lui con la vedova; proprio con lei. Ma la vedova, dura e fredda come uno spiedo, si limitava a dirle che gli uomini sono fatti così, tutti a uno stampo: e se si vuole passare la notte del sabato con loro non bisogna infastidirli.

Poi il soldato tornò, fatto uomo, con un formidabile appetito e una rinnovata voglia di fare all'amore con la sposa. Tutto andava bene; ma un fatto, del resto non insolito negli usi del paese, turbò di nuovo, pochi giorni dopo il ritorno di lui, l'apparente pace del cortile. Una mattina, nell'aprire la porta, mentre il marito era nel suo predio a seminarvi il grano, la giovine moglie trovò sullo scalino dove aveva passato tante ore di attesa una bambina avvolta bene in uno scialle, col visetto peloso come una mela cotogna, nascosto dalla lunga frangia della cuffia di lana.

Dormiva come nella sua culla, calda, sebbene il tempo fosse quasi invernale; ma lo strano fu che, accorse, alle grida della sposa, la vedova e la scorbutica vicina, fu accertato che la creatura, ben nutrita e curata, doveva avere per lo meno un mese di vita. E, di solito, i fatti come questo avvengono quando i bimbi sono appena nati. Ad ogni modo fu accolta bene, e portata a vedere, dentro un canestro, anche al vecchio paralitico, che la guardò dal suo giaciglio con gli occhi vuoti di statua da arca funeraria; e non parlò, ma ebbe nel viso giallo un fugace chiarore di vita.

Tutti della contrada vennero a vedere la bambina piovuta dal cielo con la rugiada della notte autunnale: e commenti, induzioni, sospetti e malizie non ebbero fine.

Chi non parlò troppo fu il marito, ritornato dal predio con la sacca della semente finalmente vuota. Sporse il viso, ricoperto di una improvvisa maschera leonina, e digrignò i denti: pareva volesse divorarsi la creatura; ma subito si dominò; l'osservò bene, piegandosi, quasi annusandola poi guardò il viso della moglie, sollevato supplice verso di lui, gli parve che nessuna rassomiglianza rivelatrice legasse la donna e la bambina: e, con ordine militaresco, disse:

- Portatela al Municipio.

Ma la suocera sollevò il canestro, dove ancora, in mancanza di culla, tenevano la trovatella; e dichiarò energicamente che se la teneva lei.

L'altro non replicò, ma dal viso non gli cadde più l'ombra del sospetto: che la creatura potesse essere il fiore del tradimento della scervellata sposa.

La suocera, e anche gli altri, vedevano la cupa sebbene ondeggiante passione di lui: e tentavano, col tempo e la tolleranza, di placarlo.

La bambina fu nascosta, allevata con latte di capra come una bestiolina abbandonata: la sposa, in silenzio accorato e paziente, lavorava giorno e notte, e quando era sola piangeva. Il marito non parlava, anzi stava fuori settimane intere, nel suo predio, dove scavava con ferocia le pietre e le radici più profonde, come cercando qualche cosa che gli rivelasse il mistero della sua infelicità. Così passò il tempo: ai due sposi, poiché le leggi della natura non si possono frodare, nacquero bambini; e i sassi del cortile furono, come cani e cavalli di pietra, frustati, cavalcati, abbracciati e morsi dai piccoli guerrieri felici.

A loro si univa la "figlia di ignoti" che cresceva dentro la tana della vedova come una viola nel crepaccio di una roccia: aveva nove anni, due lunghe trecce corvine, e gli occhi profondi, liquidi e glauchi, color di crepuscolo già stellato; ma tristi: gli occhi delle creature nate dall'amore trepido come quello delle cerbiatte che il pericolo minaccia; ed era timida, silenziosa, come se appunto nel sangue le scorresse la trepidazione di una colpa atavica; quando qualcuno dei grandi si avvicinava al gruppo dei bambini, ella correva a nascondere il viso in grembo alla sua madre adottiva.

Un giorno il padre degli altri bambini la poté sorprendere e osservare bene in viso come quando l'aveva veduta nel canestro. E il sospetto tornò a coprirgli il viso con un velo mortale: si pentì di non avere, a suo tempo, approfondito il mistero, di non aver inchiodato la moglie al muro per farle confessare il suo peccato. Poiché la bambina era lei tale e quale.

Adesso era troppo tardi per la vendetta; anche per le ricerche, che sarebbero state inutili e ridicole. La ghirlanda dei figli legittimi circondava la piccola reietta con una muraglia più solida di quella di una fortezza. Ma ella sentì lo sguardo di odio che la saettava, e corse a nascondersi nel grembo della vedova. Questa però non era, per un'eccezione straordinaria, a respirare col respiro del suo fuso: la vicina di casa essendo gravemente malata, l'assisteva lei; e la bambina corse laggiù, in cima al triangolo roccioso, a cercare la sua protettrice. Ma per sbaglio entrò nella caverna del paralitico, ed egli le sorrise, come può sorridere la morte alla visione della sua ultima aurora.

- Vieni, - le disse, senza voce, - ho una cosa da darti: è da tanto che ce l'ho. Ma devi chiamarmi nonno.

Ella guardava di lontano, spaurita e attratta nello stesso tempo. Con la mano che ancora si moveva, egli le fece vedere nella penombra una mediaglietta d'oro attaccata a una coroncina di madreperla. Affascinata, la bambina si avanzò: ma, poiché egli capiva ch'ella aveva paura ad accostarsi al giaciglio, le lanciò il sottile rosario che cadde e si spense come una stella filante; e disse:

- Era della tua nonna: prendila e nascondila.

Così, col tempo, si schiarì il mistero. La moglie bisbetica del pastore di vacche morì, e la vedova pietosa continuò ad assistere il vecchio paralitico. E un giorno il santone chiamò a sé il marito ombroso e gli disse:

- Non hai nulla in contrario se mio figlio sposa tua suocera?

Da tanti anni l'ex-combattente non rideva più, come a questa proposta.

- Tutto il paese suonerà il tamburo delle latte e dei paiuoli davanti al nostro cortile, la sera delle nozze di quei bacucchi.

- Lasciali suonare - disse il vecchio: - e tu suonerai la tromba dell'angelo della resurrezione.

- Ma perché?

- Perché la creatura che vive con tua suocera è sua figlia e figlia di quel finto tonto di mio figlio.

LA GRACCHIA

Come un cristallo o una porcellana, lievemente percossi, vibrano di una lunga nota musicale, così oggi il limpidissimo cielo del nuovo inverno è tremulo di un suono caratteristico, inconfondibile. Sono le gracchie, le belle intelligentissime cornacchie nere, tornate ancora una volta dai paesi nebbiosi del nord, che dopo aver ripreso asilo negli alti pini delle vecchie ville romane o sui cornicioni dei campanili e delle torri solcano il cielo fresco giovanile sopra i nostri giardini; e il loro grido di gioia lamentosa, grido di amore, grido che non somiglia a nessuno di altri uccelli, ma ha bensì un ritmo quasi umano, ricorda, come certi profumi, a chi da lungo tempo lo conosce, zone di vita che si credevano oramai dimenticate.

In un suo recente libro di ricordi giovanili, Ivan Bunin, il grande scrittore russo sotto la cui penna ogni parola diventa luce di poesia, ricorda spesso questi uccelli che hanno un loro mistero quasi di favola vivente.

Egli li ricorda con grazia e simpatia; forse anche perché il suo primo e credo unico delitto fu contro uno di questi intelligentissimi volatili, che animavano i campi, i cortili, i tetti della sua pittoresca dimora, quando ancora bambino, solo per il gusto atavico e certo barbarico di adoperare un pugnale forse un giorno appartenuto a un guerriero tartaro, uccise crudelmente una povera gracchia già ferita e impotente a difendersi.

Si riscatta, il poeta, ricordando in seguito le belle irrequiete cornacchie e tingendole di un colore vivido, iridato come quello delle loro piume quando riflettono la luce della primavera. E dovunque, nel paesaggio, nei giardini, nella stessa casa dove il giovinetto irradia la pienezza della sua vita meravigliosa, un volo, un convegno, un canto di gracchie, un loro passaggio, mettono sfumature e toni di gentilezza pensierosa, che trascendono dai soliti particolari paesistici.

Ecco, mentre va a caccia col padre, vede fra chine nude e solitarie di un burrone alcune gracchie radunatesi «qua e là quasi prive di asilo allo scoperto, pensierose». *Sedevano*, egli dice e realmente, quando la cornacchia riposa, si piega sulle zampe e pare seduta. «Mio padre le guardò, e disse che anche le gracchie cominciavano, come si suole nell'autunno, a radunarsi in consiglio, a pensare alla loro partenza».

Più in là, al loro ritorno dai paesi del sud, esse rianimano i luoghi cari al poeta. «Monotone, solenni e trionfanti, senza turbare il mite silenzio del giardino, gridavano le gracchie, lontano, nelle bassure delle vecchie betulle».

«L'incessante, discorde grido delle gracchie, che, con impetuosa e dolorosamente felice ebbrezza, strillavano e si davano da fare in tutti i giardini circostanti...».

Poi ricade l'autunno, e anch'esse s'immelanconiscono di nuovo, con una sensibilità nostalgica, difficile a ritrovarsi in altri uccelli migratori. «Sui frontoni riscaldati dal sole delle scalinate se ne stavano piacevolmente strette, come monachelle, le gracchie di solito chiacchierine, ma ora molto quiete».

Per sette anni una giovane cornacchia nera ha abitato la nostra casa. Era un maschio, ma per lungo tempo l'abbiamo creduta, o preferito di crederla, una femmina, per la sua incomparabile bellezza, per il modo di muoversi, dirò quasi elegante, per la morbidezza delle piume, ed anche, dopo un certo periodo di addomesticamento, per la sua fiera bontà. Per una debolezza superstiziosa, o meglio per innocente astuzia, suggerita dall'amore pietoso che sentivamo per lei, a proteggerla contro la probabile avversione delle persone di servizio ed anche di qualche membro della famiglia, si era escogitato il rimedio di far credere che essa rappresentasse quasi un uccello sacro, un essere che spandeva intorno a sé un fluido benefico, una specie, insomma, di amuleto animato, un simbolo apportatore di fortuna. Ma non ce n'era bisogno: poiché in casa tutti, e specialmente le donne di servizio, le vollero bene. Tutti, nel quartiere, la conoscevano: grappoli di ragazzi stavano di continuo arrampicati alla cancellata del giardino, per vederla e chiamarla. Dal pergolato o dalla terrazza, o anche se stava dietro la casa, essa rispondeva, e il suo strido non era sempre uguale: poiché con un istinto meraviglioso conosceva le voci amiche e quelle che non lo erano; o se anche semplicemente si beffavano di lei. Quest'istinto, più che umano, ha per lunghi anni destato in noi un senso di sorpresa e, a volte, quasi di turbamento. Poiché la nostra ospite non si sbagliava neppure un attimo sulla natura dei sentimenti dei personaggi che capitavano in casa; e a taluni andava incontro, si lasciava lisciare ed anche prendere, ad altri saltava addosso inferocita, e, se essi si indugiavano, metteva in allarme tutta la casa coi suoi stridi nemici. Guai, poi, se vedeva qualcuno portar via roba di casa: la lavandaia aveva di lei un sacro terrore ogni volta che veniva a prendere i panni.

E si sarebbe detto che conoscesse persino il carattere delle cose che gli conveniva toccare o no: certo gli oggetti lucenti, gli anelli, i bottoni, gli aghi, il ditale, le piccole monete dimenticate in qualche angolo, erano trafugati e nascosti da lei; ma bastava che io le dicessi, quando dallo spigolo del tavolo da lavoro essa mi faceva compagnia e assisteva alle mie piccole industrie: «Checca, rimetti a posto il ditale», perché questo ricomparisse miracolosamente nel cestino del cucito. Lasciata sola, strappava sistematicamente i giornali che le capitavano sotto, quasi indispettita che, per leggerli, si trascurasse di darle attenzione; ma non toccava i libri; e, poiché anche ai miei lavori di scrittura assisteva spesso, posata sull'orlo dello scrittoio, lacerava, se gliene lasciavo l'occasione, qualche lettera e qualche nota; ma non toccò mai una delle mie cartelle; e una volta, ricordo, fra le carte intaccate dal suo becco impertinente, rispettò solo una lettera per me importantissima.

Casi? Saranno; ma curiosi e interessati. Essa girava per le stanze con piena libertà, e preferiva gli angoli più belli; spesso si nascondeva, certo per un atavico istinto, ma rispondeva, se chiamata, da una lontananza illusoria di foresta; e se non rispondeva, se anche la si cercava affannosamente fuori di casa, voleva dire che era in un ripostiglio noto a lei sola, a covare un nido immaginario. Curiosa in modo straordinario, si interessava e si rallegrava, - o si allarmava, - di ogni novità. Se i pacchetti che andavano via di casa formavano il suo tormento, quelli che arrivavano ne erano la delizia: non aveva pace finché non vedeva il loro contenuto, e pareva volesse aiutare ad aprirli, col suo becco industre e potente, sciogliendone lo spago. Ma certi oggetti sconosciuti le destavano un inconcepibile terrore: un mio vestito a fiorellini rossi dovetti portarmelo via in campagna, perché fu la cosa che più la costrinse, ogni volta che lo vedeva, a fuggire e nascondersi. Forse perché questo vestito chiassoso e giovanile non era adatto per la sua austera padrona.

E come la piccola Checca era misurata, parca, sana nel suo metodo di vita! Faceva il bagno tutti i giorni, e l'acqua doveva essere più che limpida; anzi l'assaggiava, poi immergeva la testa per provarne la temperatura, e infine si spruzzava le ali o saltava dentro la catinella perché l'abluzione fosse più completa: infine si metteva al sole, ed erano estasi veramente piene di voluttà quelle che poi la compensavano di tanti altri godimenti dei quali la sua vita schiava certamente la privava. Più selvaggio dell'animale nato per la libera vita degli spazî è certamente l'uomo che lo rende suo prigioniero: solo conforto a chi ne sente un certo rimorso è il vedere come l'animale si adatta, si affeziona, si educa spontaneamente alla sua innaturale esistenza. La nostra Checca era diventata una cornacchia perfettamente domestica: si metteva sul nostro ginocchio o sulla spalla; stava accanto al fuoco per scaldarsi; col becco tirava il lembo della sottana alla cuoca per avvertirla che sentiva l'odore della carne e farsene dare un pezzettino; dallo spigolo della tavola da pranzo assisteva ai nostri pasti, e non mangiava i cibi se non i più delicati; sbucciava i frutti, rifiutandone i semi; beveva dal bicchiere; e se uno della famiglia le faceva ingiustamente un torto, sapeva a chi ricorrere per lamentarsi e ottenere conforto. E se uno di noi era triste, o stava male, ella lo sentiva benissimo: s'immelanconiva, si metteva sulla spalliera della poltrona, o sul ferro sotto il letto del sofferente, e non mangiava, non riprendeva la solita vita finché la vita familiare non riprendeva il suo ritmo. Ma nei sette anni ch'essa stette con noi, nulla di veramente doloroso accadde: fu un'epoca di serenità, di lavoro, di speranza: di quelle che si ricordano con riconoscenza verso Dio.

FERRO E FUOCO

Un preistorico rito, oltre a quello di fare il pane in casa, voleva mia madre, nella nostra casa di Nuoro, insegnare alle sue farfallesche figliuole. Questo rito era venuto dalle montagne della Barbagia fin dai tempi in cui all'ansito dei puledri selvaggi si univa quello degli indomiti cavalieri Iliensi.

Si trattava di assistere al sacrificio del maiale e manipolarne le carni e i grassi fumanti. Per fortuna la battaglia, davvero a ferro e fuoco, era da vincersi solo una volta all'anno contro un nemico al quale, si può dire, fino a quel giorno io e le sorelle non avevamo dato importanza.

Veniva giù in marzo, coi caldi venti orientali, l'arzillo adolescente maialino: scendeva dai cari boschi di lecci dell'Orthobene con una grossa ghianda ancora ficcata nella zanna rabbiosa, coi piedi legati, sul cavallo del servo che lo portava in arcioni e invano tentava di placarne le proteste.

La gabbia dove veniva ficcato, sebbene alta e spaziosa, non lo consolava di certo: erano, i primi giorni, grugniti che spaventavano persino il prode gallo del cortile; e tentativi di smuoverne le sbarre e persino il grande truogolo di granito che forse gli ricordava le pietre della patria perduta. Poi la fame e l'ingordigia lo domavano: il truogolo diventava la fonte della sua nuova felicità. E che opima felicità. Tutto gli era concesso: le grasse succulente pappe di crusca, le ultime ghiande; e poi i fichi d'India rossi del sole della valle, e le scorze dei cocomeri per rinfrescarlo del loro ardore; e le perine selvatiche che portavano l'aspro odore degli altipiani ventosi; infine di nuovo ghiande, ghiande, ghiande; le sue zanne, a furia di masticare, diventavano lucide come punteruoli d'avorio.

Ma nello svolgersi delle stagioni lo accompagnava e confortava anche l'affetto della padrona: affetto sincero, scevro di equivoco interesse, pietoso anzi per la crudele sorte di lui: e l'animale doveva sentirlo, perché fiutava sdegnoso l'ipocrita simpatia degli altri suoi fornitori di cibo. Una volta mia madre dovette assentarsi per tre giorni da casa: ebbene, il porco vivente in quell'anno di grazia dimostrò il suo dispiacere con un sacrifizio che pochi amanti abbandonati sono disposti a compiere per tre giorni non volle mangiare.

È vero che si rifece nei giorni seguenti, e sempre di più a misura che cresceva e ingrassava; gli occhi gli si affondavano fra le guance cascanti e le orecchie molli di grasso; la beatitudine più invidiabile lo penetrava tutto; mangiava e dormiva, e anche nel sonno gemeva di voluttà. Arrivò un giorno in cui non poté più sollevarsi; ma sembrava un ubbriaco, gonfio di abominevole felicità.

Allora, in un fresco turchino giorno del primo inverno, arrivavano due valentuomini: uno, smilzo e nero, con un berretto frigio sulla testa rapata e le maniche della camicia rimboccate sulle braccia pelose: sembrava un boia; l'altro un pacioccone roseo e lucido: erano due celebri macellai. Il maiale viene, con grandi sforzi dei due bravi, tratto fuori dalla sua reggia. Dove lo conducono? Esso protesta, poiché non vorrebbe ritornare neppure nei boschi natii, dove sulle rosee famiglie dei ciclamini cadono i confetti delle ghiande: ma è verso un luogo ancora più bello delle radure fiorite d'asfodelo dell'Orthobene che l'infelice deve andare: verso i prati che i poeti d'ogni tempo hanno garantito per i più ameni del mondo, ai confini della terra. Verso la morte.

Il pacioccone è il più feroce. Tira fuori la lesina, col manico di corno inciso, lunga e acuminata come lo stiletto di un sultano geloso: il porco, rovesciato in terra, impotente a muoversi, sente il pericolo e urla; ma l'uomo gli affonda il ferro nel punto preciso del cuore, e non una stilla di sangue accompagna l'agonia della vittima. Poi arde il rogo, in mezzo al cortile, e i due uomini vi dondolano su, come in un giuoco di giganti, l'animale morto; arde il suo pelame irto ancora di dolore, e il fumo appesta i dintorni, richiamando sulla cresta del muro del cortile le faccette diaboliche di tutti i monelli della contrada. Una scena quasi dantesca si svolge adesso intorno alla vittima, che viene rapidamente raschiata del pelame abbrustolito, poi spaccata dalla gola all'inguine; sgorgano le viscere fumanti, che vengono versate in un *laccu*, il grande recipiente di legno che serve anche per l'innocente manipolazione del pane: viene scolato il sangue; un solo viscere è lasciato per ultimo, nella voragine ardente del grande ventre vuotato: è il fegato.

E adesso, amici, non inorridite, anzi esaltatevi come i bambini arrampicati sul muro, dal quale attraverso il velo acre del fumo che ancora esala dal rogo, assistono allo spettacolo come dall'alto di un anfiteatro: poiché il boia e il pacioccone con un cenno quasi ieratico, invitano chi dei presenti vuole mordere il fegato caldo della vittima. E c'è, sì, chi lo morde: una delle signorine la prima; l'esempio è imitato; le preghiere, le urla dei ragazzi perché sia permesso anche a loro il rito sembrano quelle di figli di guerrieri. E, invero, la cerimonia ha un significato epico: poiché la bocca che morde il fegato ancora caldo di una vittima non conoscerà mai il gemito della viltà. Così, tante volte, quando ho piegato il viso sulla voragine sanguinante della vita ho ricordato il curioso rito degli antichissimi avi.

E coraggio bisognava dimostrarne subito, nelle faccende seguenti; meno male il primo giorno, quando il quadro continuava a colorirsi di tinte omeriche, e i macellai, dopo aver squartato il porco, dividendo il bianco dal rosso, versando il sangue raddolcito dallo zucchero e dallo zibibbo nei budelli più grossi, s'incaricavano di arrostire allo spiedo il miglior pezzo di filetto; e prendevano parte al banchetto alla tavola dei padroni; e, andati via loro, alla sera, il profumo del sanguinaccio cotto sembrava quello di un dolce da sposalizio. Ma la mattina dopo le signorine dovevano, con ancora in mente il fumo dorato dei romanzi letti di nascosto la sera prima, indossare i grembiali dei giorni di fatica grossa e schierarsi intorno all'esecrato tavolo di cucina. Era un'opera da carnefice: bisognava insanguinarsi le dita e le vesti, e fare smorfie di ripugnanza al contatto della carne cruda. I grandi coltelli affilati, le mezzelune, e, se occorreva, persino le scuri simili a mannaie, funzionavano nelle piccole mani bianche, con la forza crudele della rivolta che sobillava dentro le fanciulle: e gli occhi di queste avevano lo stesso lampeggiare dei feroci strumenti.

E taglia e taglia, e spacca e pesta, solo quando il rosso e bianco monticello della carne e del grasso triturati sorgeva sul margine della tavola, gli occhi ritornavano miti, il riso, lo scherzo, le beffe, fiorivano di nuovo in bocca alle ragazze: anzi, scaldate dalla fatica esse raddoppiavano lo sforzo per finire presto e bene l'opera.

E la servetta, che nel grande mortaio di marmo pestava il sale grezzo venuto dalle spiagge di Baronia, il sale per coprire il lardo, roteava i neri occhi d'antilope, dichiarando che se un uomo l'avesse a tradire, ella gli avrebbe pestato le ossa nello stesso modo.

Poi le ragazze aiutavano a colare lo strutto nelle vesciche che venivano appese in alto come lampade di alabastro: e ad insaccare la carne salata e pepata nelle lunghe budella che anch'esse, da viscide spoglie di biscia, si trasformavano in rosee collane di salsicce. I loro festoni venivano appesi alle travi di quercia della cucina, e per farle essiccare presto si accendeva il focolare centrale, con legno fresco di ginepro. Il fumo ne scaturiva denso, ma non acre, anzi con un odore d'incenso. E tutta la cucina, col suo grezzo soffitto, la mensola coi candelieri di ottone, il luccicare dei rami, prendeva un aspetto festivo, un colore di tempio dell'abbondanza, di quell'abbondanza che nelle previdenti massaie sarde giustamente desta un senso di orgoglio. Alla sera, quando il fumo era fuggito nella fredda notte stellata, e nella cornice di pietra del focolare rimaneva solo il mucchio odoroso delle brage, qualcuna delle signorine non sdegnava sedervisi accanto, sotto la lampada di ottone ad olio, riprendendo la lettura di un romanzo proibito.

E non facevano più le smorfiose, le signorine al completo, quando la domenica seguente, ritornando affamate dalla messa elegante del mezzogiorno, vedevano sulla tavola da pranzo il grande vassoio di stagno, forse un giorno dimenticato da Ulisse nel suo breve sbarco nell'Isola: poiché sul vassoio stava un bel cuscino caldo e dorato di polenta, e sul cuscino posava, tra foglie di alloro, come un diadema di gloria, un doppio cerchio di salsicce arrostite allo spiedo. Gloria e premio per l'opera coraggiosa delle brave ragazze.

TRASLOCO

Appena arrivati nella nuova casa, di loro proprietà, mentre gli operai scaricavano i mobili e li collocavano secondo l'ordine dei padroni, i bambini furono confinati, del resto con loro piena soddisfazione, nel giardino chiuso, come un'uccelliera, da un'alta rete metallica. Era un pezzo di terreno ancora nudo, con solo un platano superstite del campo nel quale erano state costruite le nuove case: i bambini, quindi, due gemelli di quattro anni, robusti e testuti, e una pupa di tre mesi, nella carrozzella che, tutta veli, coperta di seta a vivi colori, trine e nastri, pareva una cesta di fiori, potevano completamente starci al sicuro. Ad ogni buon fine la carrozzella fu fissata accanto alla ringhiera di ferro della scaletta che dalla terrazzina della sala da pranzo scendeva in giardino: e ogni tanto il padre felice, giovane ancora ma già un po' calvo e col viso affaticato, si affacciava alla balaustra per sorvegliare i bambini e godersi un po' della loro gioia.

Era davvero felice anche lui: aveva risolto finalmente il problema quasi centrale della sua modesta esistenza, e poco non gli sembrava: avere una casa sua, un nido comodo e pieno di luce e di sole, dal quale nessuno più poteva scacciarlo; ed anche uno spazio libero, che dalla terra al cielo serviva solo per il respiro, il moto, la felicità dei suoi bambini. Ed ecco che essi già se lo godevano fin da quel momento, allegri liberi come le farfalle di maggio; persino la pupa, nei suoi panneggiamenti sontuosi, faceva smorfie di sorrisi e gorgheggiava guardando il cielo con gli occhi languidi di civettina quasi cosciente, mentre le manine irrequiete tiravano i nastri del corpetto, e pareva li aggiustassero appunto con civetteria.

- Proibito toccarla anche con un dito: e state buoni, e non fate inquietare la mamma, che è già tanto stanca, - raccomandava il padre, prima di dare una capatina all'ufficio - altrimenti sapete cosa vi aspetta.

Essi lo sapevano bene; quindi si contentarono di mettere in attività il loro trenino, lungo il viale che sembrava proprio una strada ferrata in costruzione: e, con la scatola e alcuni stecchi, costruirono la stazione: si davano anche qualche spintone e qualche graffio, ma non protestavano per non richiamare l'attenzione della mamma, già davvero molto stanca e irritata, ed evitare quindi, al ritorno del padre, "ciò che li aspettava". Ogni tanto, adesso, era lei che si affacciava alla terrazzina, col suo bel grembiale azzurro dall'ampia saccoccia, i capelli corti lucidi come il rame, gli occhi turchini un po' chiari di quella luce verdastra di quando era nervosa: e bastava un suo richiamo per mettere in soggezione grandi e piccoli; ma quando verso il tramonto, urgendo nelle camere la sistemazione delle cose di maggior importanza, la sorveglianza di lei e della serva si rallentò, i gemelli ne profittarono per accostarsi alla carrozzella e tentare qualche distrazione nuova. La sorellina, anche, li attirava, specialmente quando pareva che, mostrando la lingua e prendendoli forte per un dito, si beffasse di loro, ma era la carrozzella, così lucida, mobile, viva, col mistero dei suoi congegni e col ripostiglio sotto il materassino, che, a poterla avere un po' in loro possesso, li avrebbe soddisfatti come un miracoloso giocattolo. Soprattutto il ripostiglio era per loro una fonte di vivissima tentazione; la mamma, quando andavano ai giardini, ci ficcava dentro tante cosette, pannolini, la scatola del borotalco, involtini, persino il sacchetto delle caramelle e qualche libro con le figure: come non pensarci dunque?

Il diavolo, poi, quel giorno, parve favorirli in modo veramente infernale. Poiché d'un tratto la serva venne giù di corsa, prese la bimba e lasciò la carrozzella in loro completa balìa.

Era l'ora in cui la giovine mamma dava il latte alla pupa: ed era l'ora in cui, per quanto, come in quel giorno, stanca, scontenta e disorientata, ella si sentiva improvvisamente felice. Era, invero, una felicità quasi fisica, press'a poco simile a quella della bambina che le succhiava avidamente il seno. Le sembrava che col latte se ne andasse dal suo sangue una linfa che era di più; e si sentiva più leggera, dopo, o almeno meno inquieta, meno sofferente.

Anche adesso la pupa succhia, geme, ronza come un ape; le preme il seno con la manina fredda, guarda di sotto in su con gli occhi velati. E se si stacca un momento sorride: è un sorriso perfettamente inconscio, un movimento dei muscoli; la madre però s'illude, credendolo un vero sorriso, magari interessato, ma ad ogni modo rivolto a lei; e se ne illumina tutta, e, a sua volta riconoscente, presa da una vaga ebbrezza, parla alla creatura, con un linguaggio adatto, tutto diminutivi, gorgheggiamenti, balbettii: un gergo da uccelli, quando portano il pasto ai nati del nido. Eppure non è del tutto innocente, quel chiacchierio; anzi a volte si fa amaro e dispettoso, e confida alla bambina i presunti torti del padre. Di tutto il disordine intorno, di tutte le cose che andavano male, il colpevole, al solito, era lui; si era intromesso anche nel modo di disporre i mobili nella camera loro da letto, collocando il cassettone in piena luce, mentre lei lo avrebbe voluto nell'angolo in penombra. Almeno del cassettone e dei suoi ripostigli avrebbe dovuto essere padrona lei: no, egli la trattava come una bambina, pretendeva che non avesse le sue robe nascoste, i suoi segreti. E invece, come tutte le donne anche più vecchie di lei, ella aveva i suoi ricordi, i suoi cimeli: il suo passato era quasi di ieri; come potersene disfare tutto in una volta? D'ieri la sua fanciullezza, i giorni di povertà arricchiti però dalle illusioni d'amore; d'ieri il romanzo stroncato dalla necessità familiare di un matrimonio di convenienza: come non lamentarsene, almeno con la figlia? Fuori, i gemelli non davano segno di vita; d'improvviso però uno di essi strillò, anzi invocò l'aiuto della mamma, poi tacque. Ella aveva trasalito nervosamente, senza potersi muovere né mandare la serva che lavorava al piano superiore.

Del resto quando i bambini erano al sicuro, le loro questioni, le zuffe, i lamenti e le folli gioie non l'inquietavano eccessivamente. La sua sola minaccia era: «Adesso viene papà e vi aggiusta lui». Si sarebbe detto che, almeno riguardo a questo, lasciasse a lui tutte le responsabilità della loro educazione: e in fondo davvero le sembrava che essi fossero più figli del padre che suoi. Forse perché non li aveva potuti allattare; forse perché nati dall'unione con un uomo che le era quasi estraneo e indifferente, o perché il loro nascere l'aveva fatta quasi morire.

Con la pupa era altra cosa: una cosa tutta loro, di loro due, unite dalla stessa carne femminea, dalla stessa fragilità, forse dallo stesso destino.

- Sicuro, sicuro, sicuro, sicuro...

La pupa si stacca di nuovo dall'acino del seno materno, e di nuovo sorride: pare capisca la canzone intima che le sfiora il viso; e chiude gli occhi, sazia, beata.

Anche la madre ha una sensazione come di un canto che la invita a dormire: si placa, finalmente, i pensieri si raddolciscono: adesso le sembra che la casa sia già in ordine; ed è la casa *loro*, dove c'è tempo per finire di sistemarsi, di stendersi, di riposarsi per tutto il resto della vita. Non occorre più neppure uscire, portando in giro, attraverso i pericoli delle strade, il proprio fastidio, la maschera della serva travestita da bambinaia di stile, la carrozzella impegnativa, il segreto della propria scontentezza.

Questo senso di riposo le diede un momento quasi di sogno: il platano attraverso la vetrata, vibrava come un'arpa, tutto d'oro sull'oro dello sfondo: il *loro* platano, vivo, amico, protettore. Sì, le parve che l'albero avesse qualche cosa di paterno; la cullava, le prometteva ombra, frescura, salute: e per la prima volta anche lei sentì la gioia della proprietà, il respiro di chi, dopo un camminare malsicuro per campi altrui, è arrivato alla sua terra e vi si trova in pace.

Ma sentì che ancora qualche passo doveva farlo: mettere in ordine i cassetti, chiudere i ripostigli, seppellire i suoi piccoli segreti.

- Bisogna metter dentro anche la carrozzella: è ora - disse alla bambina già addormentata, asciugandole il latte dalla bocca. E andò per rimetterla nel suo nido, ma dalla terrazzina vide uno spettacolo che non la fece gridare solo per riguardo alla curiosità della serva.

I bambini avevano messo sottosopra le coperte e il materassino della carrozzella, e dal ripostiglio traevano gli oggetti ch'ella vi aveva nascosto per metterli al sicuro durante il trasloco e richiuderli poi di nuovo nel cassettone. Ma nell'accorgersi ch'ella era più mortificata di loro, e quasi per un istinto di aiutarla a scusarsi, essi stessi le andarono incontro, porgendole un pacchetto di lettere e una busta di fotografie.

- Libro - disse uno, guardandola sfacciatamente; e l'altro aggiunse: - Figure.

E attesero entrambi ch'ella dicesse: - Adesso vi aggiusterà papà.

Ma ella metteva il libro e le figure nella sua tasca profonda, e pensava che era necessario bruciarli, adesso che le dita dei suoi figli li avevano messi definitivamente all'indice.

CACCIA ALL'ANATRA

Il vecchio guardacaccia aveva ricorso al classico trucco dei mariti che si ritengono traditi; aveva detto alla sua nipotina Betta che, dovendo recarsi al paese per affari, sarebbe ritornato solo verso sera.

- E se per caso capita qui il signorino sii, come sempre, servizievole e obbediente: ma niente confidenze, mi raccomando; né a lui né al suo autista: non è gente che fa per te. Sta con Dio.

E con Dio, ma un Dio sospettoso e cupamente iracondo, egli adesso se ne stava fra i giunchi e le pietre verdi e viscide della riva dello stagno che i suoi antichi padroni avevano scavato artificialmente per completare la tenuta da caccia sotto la vecchia villa gentilizia che adesso era quasi ridotta a una bicocca.

Egli la vedeva, dal suo nascondiglio, grigia e screpolata, con le loggie che si sfasciavano, il tetto ricoperto di erbe e i cornicioni sdentati, dove le cornacchie trovavano i loro rifugi. Anche il parco era diventato tutta una cosa col bosco di lecci barbuti intorno: solo si salvava la casetta sua, del guardacaccia, bianca e marrone, accovacciata come un cane fedele a fianco del cancello chiuso: un filo di fumo saliva dal comignolo, su fino al cielo lattiginoso di febbraio, e bastava quel segno di vita per rallegrare il luogo melanconico. Ma il cuore del vecchio non si rallegrava. Ogni tanto gli sembrava di sentire la tromba dell'automobile del suo giovine ultimo signore, e provava un senso, se non di spavento, di panico, simile a quello dei volatili acquatici che popolavano lo stagno e si alzano pesanti a volo cercando di salvarsi; poiché anche lui dal tempo dei tempi, e adesso più che mai, forse per un istinto ancora più naturale di mescolanza, quasi di parentela con la selvaggina da lui coltivata e custodita, sentiva un oscuro pericolo al contatto dei padroni, signorotti che a loro volta conservavano tutto il loro carattere di dominio primordiale, e, quando poi erano a loro volta dominati dal freddo furore della caccia, partecipavano al selvaggio carattere degli animali da preda. C'era stato un periodo, dopo la morte dell'ultimo signore, in cui il vecchio aveva creduto, non senza però un certo rimpianto e la nostalgia delle ère chiuse per sempre, che la sua vita oramai poteva considerarsi come quella di un servo pensionato. La tenuta era sempre sotto la sua tutela, ma affidata a miti cacciatori di città, che non gli prodigavano rimbrotti e insulti: finché un giorno, con uno di questi, bonaccione e buontempone, era venuto, così per svago e curiosità, l'ultimo erede, esile e biondiccio, che reggeva il fucile da caccia con lo spavaldo e innocuo divertimento dei ragazzi che maneggiano quello portato dalla Befana.

Ma fu una bella giornata che rinnovò quasi i fasti sonori delle battute da caccia quando gli amici dei signori arrivavano a cavallo, con le ondate tumultuose dei cani frementi, e le trombe squillavano come ai tempi di Carlo Magno.

Vi fu un banchetto; stridettero gli schidioni feudali della cucina linda della piccola Betta, e la tavola fu imbandita sotto gli elci che avevano i fiori del colore dorato delle pernici.

E Betta, anch'essa svolazzante nelle vesti ancora corte, coi capelli iridati come le penne delle folaghe e gli occhi pieni della luce cangiante e liquida della foresta e dello stagno, versava il vino nei bicchieri stemmati ancora cerchiati da qualche filo di polvere delle credenze di quercia della villa, e volgeva il viso di profilo per nascondere nella bocca serrata un sorriso di beffa e di compiacenza per le paroline dei galanti cacciatori.

E il signorino era tornato altre volte, solo, per conto suo.

Il vecchio era da mezzo secolo al servizio dei signori, che lo avevano sempre maltrattato, non per voluta cattiveria, ma perché questo era il loro carattere. Le loro donne, a volte, si servivano delle donne del guardacaccia, ma sempre con la stessa indifferente lontananza dei padroni dai servi buoni e passivi: eppure egli non li odiava, e la fedeltà gli scorreva nel sangue come la linfa pura nell'acqua di sorgente. Inoltre era religioso come un eremita, del quale possedeva qualche sfumatura: una religione soffusa di credenze, se non superstiziose, certamente mitiche: conosceva gli alberi, le erbe, le fiere, gli uccelli, i cani, e ne sentiva le voci, le passioni, i dolori e le gioie. Tutto si animava, per lui, anche l'acque ferme e le pietre sepolte dalla vegetazione palustre: e il sole, la luna, gli astri, tutti gli elementi, gli rivelavano meglio che a un poeta, la loro natura divina.

Ma non amava, quasi non capiva, l'uomo. Gli si era mostrato sempre sotto un aspetto bestiale: padroni, servi, ladri di caccia, tutti lo avevano deluso e spaurito. Almeno con gli animali si sa come combattere: o almeno lui lo sapeva; e non lo stupivano le arti della volpe, e neppure la crudeltà necessaria del lupo: ma l'uomo, l'essere più vicino a Dio, egli non sapeva da qual parte prenderlo: persino i suoi figli lo avevano depredato, abbandonato e tradito: e adesso anche la nipotina, che egli aveva allevato, orfana ed ultima, come una cerbiatta alla quale è stata uccisa la madre...

Anche lei, adesso, trovava tutti i mezzi per incontrarsi col signorino, pur sapendo che egli la cercava solo per istinto di maschio. - Signore, buon Dio, - pregava il vecchio, piegato fra i giunchi, giunco pure lui in mezzo all'acquitrino della sua mala passione, - ci sarebbe, sì, il mezzo di salvarsi: andarsene, portarla via, lontano: ma dove si va, alla mia età? E mandarla via sola è ancora peggio. Possiamo forse correre alla ventura, come il cieco e la ragazza col piattino? Del resto la colpa è sua, di lui, del brigante vestito da cavaliere: egli sa bene quello che fa e che vuole, e ci considera né più né meno come questi palmipedi in tempo di caccia. Ma io ti darò una lezione, maledetto: una lezione che ti insegnerà come tirare il colpo anche con la mano sinistra.

La tromba dell'automobile, intanto, non si faceva sentire; ma le orecchie del guardacaccia erano tanto buone ancora da distinguere il fruscìo; e uno ne sentì, ad un tratto, lontano strisciante, minaccioso nel suo silenzio appunto come quello del passo del brigante che tesse i suoi agguati.

La tromba non risonava, no, per non dare l'allarme; eppure un'anatra si levò dai cespugli della riva, seguita dai suoi anatroccoli: erano tutti d'argento, con solo la cima delle ali orlata dei colori dell'iride: e i becchi a cucchiaio, gialli e lucidi come d'avorio.

- Ecco, - pensa il vecchio, - persino loro sentono il pericolo, e quella stupida no: è più stupida delle anatre.

Passò qualche momento: una incertezza quasi paurosa lo fermava nel suo covo, come fosse lui la vittima destinata al colpo del cacciatore: aveva sperato che questi, prima di ogni cosa, anche per salvare le apparenze, fosse sceso allo stagno per tirare qualche colpo; ma il tempo passava, e le cose intorno pareva partecipassero, immobili alla sua angosciosa attesa. Anche l'anatra, con la sua nidiata, si era di nuovo nascosta fra i cespugli.

Egli si drizzò, alto, col busto e la testa eretta come quella di un serpente: e gli occhi verdognoli ne avevano la luce velenosa: ma d'un colpo tornò a ripiegarsi, quasi stendendosi a terra. Aveva veduto il signorino, col suo vestito grigio stretto da una cintura di cuoio e il cappello verde con una penna di fagiano, affacciarsi alla porta della casetta, da vero padrone: poi sentì un lungo fruscìo nel sentiero che scendeva allo stagno. Scendeva, il giovine cacciatore; e il sole, liberatosi dal velo dei vapori mattutini, adesso faceva parer belle anche l'acqua stagnante e le erbe marce dell'acquitrino. Un fulgore di bontà brillò anche nella coscienza del vecchio. - No, - egli disse a sé stesso, - non bisogna commettere il male. Dio non vuole. Piuttosto ce ne andremo, io e la disgraziata; sì, mendicheremo se Dio vuole così; ma il male non si deve commettere.

Il fruscìo si avvicinava, e con esso una lieve vibrazione di voci e di risate sommesse. Egli riaprì gli occhi, e questa volta erano velati di sangue. Betta accompagnava il cacciatore; vestita di grigio anche lei, morbida e tremebonda come le anatre fra i cespugli.

Stette dritta alle spalle del giovane, mentre egli issava il fucile e chiudeva un occhio per pigliar meglio la mira. Ma era uno scherzo; poiché i volatili si erano tutti nascosti, e un silenzio, una immobilità come di morte dominavano intorno.

Il colpo vero, giusto e sicuro, lo tirò il vecchio: mirava alla mano destra del cacciatore; e la mano fu trapassata: ma un repentino movimento della ragazza l'aveva portata in avanti, e la palla andò a smarrirsi nel fianco di lei.

IL CAMINO

Da tanti anni il professore sognava di avere un camino: ne aveva fatto costruire uno nella sua villetta di Cervia, nel salottino d'angolo, coi mobili di giunco, ma faceva tanto caldo, nelle brevi settimane che egli vi passava, che la stessa fiamma avrebbe riso a vedersi suscitata sotto la mensoletta della cappa sempre fiorita di rose e garofani: nella sua casa di città, invece, sebbene fosse una villa di costruzione non recente, coi solidi muri di una volta, le stanze alte coi pavimenti di finto mosaico, il termosifone funzionava dai primi di novembre a tutto aprile; e il fuoco non si vedeva neppure nella cucina, perché negli antichi provinciali fornelli erano stati sostituiti i più moderni apparecchi a gas e anche a elettricità.

Era dunque venuto Celestino, il fumista, per esaminare l'angolo ove meglio si poteva costruire il camino. Oltre all'essere fumista, Celestino era una specie di factotum del professore: conosceva la casa a menadito, forse più del padrone stesso, perché era lui che, d'estate, vi faceva da guardiano ed eseguiva le riparazioni; cambiava le carte, verniciava le persiane, coltivava il giardino: si intendeva di tutto, era bravo e pasticcione in tutto, e melenso oltre ogni dire: sonnecchiava sempre, svegliandosi solo quando si trattava di fare i conti. Anche adesso guardava qua e là con gli occhi socchiusi, con la bocca aperta e un po' storta; sebbene facesse già freddo aveva ancora la paglietta, tirata indietro sul capo: pareva uno di quei santi campestri molto alla buona: un Sant'Antonio del fuoco.

- Ecco, - dice il professore, che si confida con Celestino come in trenta anni di insegnamento e di scritture non si è mai confidato coi suoi allievi e i suoi lettori, - mi pare vada bene quest'angolo della stanza da pranzo: è il luogo che preferisco: dalla vetrata si può scendere in giardino e prendere la legna nel sotto scala della gradinata: è più spiccio. E sbrigati; perché oramai sono tanti anni che si parla di questo camino; e adesso ci ho i dolori reumatici, e voglio infischiarmi del termosifone, che fa venire il mal di testa. Anzi non voglio più neppure accenderlo; tanto non voglio più ricevere nessuno. Mi hanno messo in pensione, e anch'io voglio fare il comodaccio mio; voglio ritornare come era mio padre che è morto beatamente mentre se ne stava a godersi un bel fuoco di ginepro, davanti al grande camino della nostra cucina.

Sarebbe stato facile adattare un caminetto posticcio; ma il professore, giacché ci si era messo, voleva un camino autentico, scavato nella parete, da metterci dentro comodamente i piedi: la faccenda però presentava alcune difficoltà, e Celestino, per quanto flemmatico e lavoratore, ci faticava assai: non è a dire, poi, i brontolii della governante, per il disordine e il polverio della sala da pranzo. Il padrone invece sembrava beato: assisteva ai lavori come si trattasse della costruzione di un palazzo, e disegnava il prospetto del camino con finezza artistica: quando poi l'operaio se ne andava, egli sedeva davanti alla buca della parete, fra le macerie, facendo le prove di quando il camino avrebbe funzionato. Vedeva divampare il fuoco, sentiva il gemere degli spiriti del vento imprigionati dal tubo della conduttura, e ricordava la sua infanzia e la sua fanciullezza con luci romantiche, quali solo in certe notti d'inverno e di bufera gli erano balenate nel tepore del letto solitario. Nella fredda atmosfera della realtà, quei tempi remoti, piuttosto duri e meschini, mentre egli faticava come Celestino per scavarsi una nicchia nella muraglia della vita quotidiana, una buca dalla quale saltasse fuori un po' di calore e di benessere materiale, quei tempi gli apparivano come uno strato di barbarie, di privazioni, di servaggio. La sua famiglia era povera: il padre, contadino, se voleva il fuoco doveva raccattarsi le legna; e il pane per i figli era acre del suo sudore: quello che non gli costava niente erano le fole che, nelle sere d'inverno, quando la neve chiude in casa anche i più poveri, raccontava ai figli, forse per sopperire col loro nutrimento di sogno allo scarso nutrimento della realtà. Dopo tutto era un uomo buono, biblico rassegnato alla sua sorte; era famoso per le sue storielle, e ne sapeva di quelle che, con le frangie che egli ci metteva, duravano anche sette notti. In fondo, il figlio non ricordava di aver mai gustato un romanzo, né ammirato uno scrittore di fantasia, come le narrazioni di suo padre e il loro autore.

Adesso, poi, a quest'ammirazione sentiva unirsi una tarda tenerezza: forse perché anche lui invecchiava, e se avesse avuto famiglia, della quale si era privato per odio antico alla famiglia povera e alle responsabilità del suo capo, pensava che anche lui avrebbe raccolto i figli attorno al fuoco e raccontato loro delle fiabe. Ma in fondo rideva di queste fantasticherie: i figli adesso non vogliono fiabe; vogliono verità solide, parole che abbiano valore autentico; e soprattutto quattrini. Quattrini egli ne aveva pochi; il suo patrimonio consisteva tutto nella villetta di Cervia, che non rendeva un soldo, e in quella sua casa di città, gravata di tasse, risucchiata dalle riparazioni e dai conti di Celestino, ma dove, almeno, egli viveva a modo suo, come l'orso nella sua tana.

Quattrini! Erano stati sempre il suo sogno: e a questo si allacciava forse anche il sogno del camino antico, perché le fiabe paterne che più lo avevano impressionato, colorite certo dal desiderio dello stanco lavoratore che le raccontava, erano quelle dei tesori nascosti, ritrovati a giusto punto da chi ne aveva urgente bisogno. Il mondo è pieno di tesori: le rovine, i muri delle vecchie case, i tronchi scavati degli alberi secolari, i pagliericci dei falsi mendicanti, persino i sepolcri, ove la morte irride i vani beni della terra, nascondono tesori infruttiferi, che aspettano chi sappia trovarli.

Così predicava il padre; e il figlio ci aveva creduto, finché non si era convinto che l'uomo con gli occhi bene aperti alla realtà cerca il tesoro entro sé stesso, nel suo genio e nel suo lavoro, e spesso, non trovandolo neppure là, nelle casse del prossimo.

- Io non sono un genio, e ho sempre lavorato poco, - egli diceva a sé stesso, quella sera di autunno, seduto davanti al camino già ultimato ma ancora fresco di calce e col ripiano di cemento improntato dalla paletta dell'operaio, - quindi essendo anche proclive all'onestà, forse più che altro per pigrizia, sono rimasto povero, senza neppure l'eredità paterna non accettata: cioè quella delle speranze e delle illusioni dell'uomo primitivo. Ma non importa: purché riesca a vedere il miracolo della fiamma, entro questo imbocco di galleria che può condurre a luoghi piacevoli. Sì, mi ricordo...

Sì, ricordava tante cose, adesso: l'imbocco appunto di una specie di galleria naturale, sui monti sopra il suo paese, che dopo una paziente esplorazione conduceva i ragazzi a un fantastico belvedere di rocce dal quale si vedeva un paesaggio bellissimo, esteso fino al mare. Anche in quelle grotte esistevano tesori, ma custoditi da spiriti maliziosi che non bisognava disturbare: e i ragazzi, che possedevano anch'essi ben altre ricchezze, se ne guardavano bene.

Di ricordo in ricordo, di fantasia in fantasia, il professore si lasciava scivolare a un vago sopore, a quel lieve incantesimo che rievoca quasi tangibilmente le cose lontane e risuscita i giorni morti.

Così gli parve di vedere nel camino la fiamma che sprigionava dai ceppi l'odore del ginepro; e quest'odore a sua volta spalancava, al di là di una galleria muschiosa, un panorama di boschi, di rocce, di chine verdi scendenti al confine azzurro del mare. Ma d'improvviso la figura quasi evanescente di Celestino, con la sua aureola di paglia, apparve dietro i cristalli della vetrata, in uno sfondo di rami neri sui quali si libravano ancora, come uccelli notturni, grandi foglie secche. Aveva in mano un bel cestino di giunchi, colmo di pezzi di legna e di trucioli: picchiò lievemente ai vetri, e al professore, venuto ad aprire, disse sottovoce:

- Se permette, facciamo dunque la prova del camino.

L'altro non domandava di meglio. Celestino collocò la legna sugli alari e vi cacciò sotto una manciata di trucioli, ai quali diede fuoco. Il fumo filava bene dentro il tubo della cappa, e in breve le foglie tremule della fiamma germogliarono dai ramicelli neri. Dopo tanti e tanti anni il professore rivide lo splendore del fuoco vivo illuminare la sua casa desolata. Era come se una nuova aurora sorgesse per lui: l'aurora di una nuova fanciullezza che doveva finire solo con la morte.

- Voglio anche dormirci, qui - disse a Celestino, piegato sulle ginocchia come un bonzo in adorazione del fuoco. Quando le brage cominciarono a staccarsi dai tizzi, che pareva si convertissero in oro, l'operaio aggiunse altra legna, poi si sollevò e andò a riempire di nuovo il cestino: infine salutò, e disse che sarebbe ritornato più tardi per vedere se tutto continuava ad andar bene.

Tutto andava bene: una felicità giovanile riscaldava il cuore dell'uomo: gli sembrava di non essere più solo; come già a suo padre, una ghirlanda di figli lo accompagnava di qua, di là, come le ali della speranza e dell'amore. E tutta la stanchezza della sua vita si allentava; cadevano i rancori; le ingiustizie patite, e alcune ancora recenti e sanguinanti come ferite, si mutavano in fiori di offerta a chi tutto giudica e paga con puntualità. Di nuovo fu vinto da un lieve sopore; di nuovo fu risvegliato dalla presenza di Celestino. Senza parlare l'operaio aggiungeva legna al fuoco, finché in fondo al cestino apparve una cosa strana: un mucchio che pareva di brage ed era di monete d'oro.

- Padrone, - egli dice, con la sua voce melliflua, - le ho trovate in un sacchetto, scavando qui nel muro per il camino: sono sue: a me dia quello che solo mi spetta.

E con la mano che pareva una cazzuola ancora bianca di calce, sollevava le monete e le lasciava ricadere nel cestino. Erano tante: e sembrava si moltiplicassero senza numero, luminose, al riflesso del fuoco, come occhi di sole finché il professore si svegliò: e furono solo i suoi vecchi denti ricoperti d'oro a scintillare nel riso schietto che gli rischiarò il viso, poiché la sua felicità non scemava, anzi si faceva più limpida, nell'accorgersi di essere davvero ritornato fanciullo e di aver ritrovato il tesoro dei sogni.

L'UCCELLO D'ORO

Fu visto l'emigrato ritornare peggio di come era partito, con una vecchia valigia legata con una corda, e vestito di una grande giacca povera tutta abbottonata: per di più, sotto il berretto a quadretti, anch'esso in cattivo stato, aveva la testa e metà del viso fasciati di garza e di bende nere: il resto delle guance azzurrognolo di barba non rasa da più giorni; mentre le mani erano bianche come quelle d'un malato. Qualcuno che credeva di riconoscerlo lo scansò, ricordandosi che il mese avanti una donna era tornata dall'estero con la lebbra: e poi anche perché soffiava un vento furibondo, uno di quei classici aquiloni speciali del luogo, che pareva volesse davvero, come fa l'aquila affamata con gli agnelli, portarsi via la gente che si azzardava a uscire con quel tempo.

L'uomo quindi, solo, con la sua pietosa valigia strangolata, le vesti gonfie di vento, si fermò, come per orizzontarsi, nella piazzetta che strapiombava, a guisa di bastione, sopra la valle. Bellissima era la valle, nei tempi buoni; adesso, sotto la luce spettrale del crepuscolo, le cascate di olvi e i boschi di castagni si agitavano tumultuosi con un rombo metallico di mare in tempesta. L'albergo per villeggianti, che spadroneggiava solo in questa piazzetta tutta sfarfallante di alberelli rossi e gialli, era in parte chiuso; ma la porta a vetri, sotto la pensilina di cristalli scuri, brillava di luce come un camino.

L'uomo esitò, prima di decidersi a suonare; non intimorito, e nemmeno timido, ma perché sapeva che il proprietario dell'albergo era adesso un suo parente, al quale un tempo egli aveva prestato denari, solo in parte restituiti: e non voleva far pesare una presenza interessata; anzi egli tornava con buoni propositi, con desiderio di simpatia e di pace.

Solo dopo qualche momento, dopo aver guardato in su verso il paesetto ammucchiato in una specie di forra, e tutto terroso e fumoso, con qualche scintilla di lume, come una carbonaia in funzione, premette il bottone del campanello. Aprì una donna grassa, vestita di rosso, con un gran viso ridanciano che però, alla vista della valigia e della testa fasciata del forestiero, si fece subito ostile e inospitale.

Egli domandò del proprietario.

- È fuori del paese - ella rispose pronta, già decisa a non lasciarlo neppure entrare. - Io sono la moglie. L'albergo è chiuso per restauri.

Egli capisce che non c'è da far niente; e non protesta, non insiste: solo, con un sorriso che sembra idiota, dice il suo nome. La donna lo guarda meglio; forse sa del debito del marito, e quella valigia, quella testa fasciata, quelle scarpe che portano ancora le rughe e la polvere di un esilio poco fortunato, la induriscono nella necessità di difendersi. Per non sembrare del tutto inumana, disse:

- Torni quando c'è lui. C'è, sa, in cima al paese, un'osteria con alloggio.

E spinge, spinge la vetrata, perché il vento pare voglia aiutare l'uomo a penetrare nella casa. Ma non lo aiuta a salire l'erta strada che come una scalinata pietrosa s'inerpica su per il paesetto e pare vada a perdersi sul cocuzzolo del monte già tutto nero sotto un cielo glaciale. E come da un ghiacciaio il vento vien giù con una ferocia di tormenta: è un piombare selvaggio, non di una, ma di stormi di aquile, con fischi, sibili, beccate che penetrano fino al petto del viandante e lo costringono a chiudere gli occhi, a difendere la sua valigia che tende a seguire la rapina del vento; a ricordare che nella città donde veniva c'era almeno, nei giorni di forte bufera, una corda legata da un punto all'altro dei grandi viali perché i pedoni potessero afferrarsi e procedere senza cadere.

Qui, nel suo paesetto, del quale conosceva ogni pietra, ogni porta, si sentiva più malfermo e strapazzato che nella metropoli sconosciuta. Tutto era chiuso e scuro, e in cima all'erta non appariva neppure il lume dell'osteria. Ma a metà strada egli riconobbe una porticina, riparata dall'arco di una scaletta esterna; vi abitava un tempo un suo cugino, calzolaio, molto povero: e gli venne in mente di bussare, pensando che spesso il povero è più ospitale del ricco. Anche lì, tuttavia, esitò. Dalle fessure della porta uscivano fili di luce e voci e strida di bambini. Non sono graziose né beneducate, le creature della povera gente, ed egli non credeva d'intenerirsi nel sentire le querele di questi suoi piccoli parenti, ma pensava che la sua apparizione li avrebbe forse divertiti, e nello stesso tempo fatto piacere ai grandi. Avrebbe detto, sedendosi all'umile focolare:

- Adesso vi racconterò le storie del mondo lontano.

Ma questi erano pensieri suoi, di campagnuolo che, nonostante l'esperienza e la furberia acquistate appunto nel girare il mondo, ha conservato un fondo di semplicità biblica.

Dentro, intanto, i ragazzini litigano, si dicono parole ingiuriose, ridono e piangono, finché una voce alquanto rauca, di donna raffreddata, che deve essere la madre, non li minaccia di bastonarli, e non ottenendo l'effetto desiderato, aggiunge esasperata:

- Adesso, il vento fa venir giù il lupo mannaro.

In questo momento l'uomo bussava; e un silenzio fulmineo soffocò le piccole querele. Nella strada il vento urlò più forte, assecondando la minaccia della madre. Ma la prima ad avere qualche paurosa reminiscenza era lei; e quando ai replicati colpi alla porta si decise ad aprire ne_ veder l'uomo quasi mascherato, con quella valigia poco rassicurante, indietreggiò e parve gonfiarsi nei suoi stracci come la gallina che vede minacciati i suoi pulcini. Subito però riconobbe l'emigrato: lo riconobbe dagli occhi, ancora dolci e mansueti, del colore delle castagne del luogo: e il suo viso scarno si contrasse in una sofferenza quasi fisica.

- Tu - disse con impeto. - Ti credevamo laggiù... ricco. Come sei tornato! Sembri davvero il lupo mannaro.

- Tuo marito dov'è?

Ella si piegò fin quasi a terra: scoppiò a piangere e non rispose. Era un pianto d'indignazione, più che altro: poiché il marito era morto ed ella credeva che tutto il mondo fosse in obbligo di saperlo.

Ancora più spaventati i bambini si nascosero l'uno contro l'altro, chiudendo gli occhi per non vedere l'uomo nero. Egli entrò, si mise a sedere, si guardò attorno: però non parlava e lasciò che la donna si calmasse. Ella non si calmava: pareva anzi impaurita anche lei dal ritorno, dalla visita di lui, e volesse a sua volta spaventarlo col racconto delle sue disgrazie.

Oh, sì, ella lo sapeva bene; dappertutto c'è grande miseria, disoccupazione, bisogno; ma nelle città si ottiene almeno una minestra, un asilo per gli orfani: qui, invece, la gente è dura; qui i poveri devono vivere come bestie selvatiche, nutrendosi d'erba e di radici.

L'uomo ascoltava, buio in viso, senza farle osservare che intanto sul fuoco davanti a loro bolliva una pentola dalla quale usciva odore di legumi e di grasso: poi, d'un tratto, parve cambiar d'umore e divertirsi alla scena. Si volse verso i bambini, domandò come si chiamavano, li invitò ad avvicinarsi: ma al suono della sua voce, li vedeva sempre più annodarsi fra loro, sordi e muti ad ogni richiamo.

- Bene, - disse infine, come fra sé, - sono proprio il lupo.

- Sì, - proseguiva la donna, con una tosse un po' vera, un po' forzata, - i tempi sono terribili: la gente è cattiva, l'uccello d'oro è volato via dai monti del paese e non tornerà mai più.

- L'uccello d'oro...

Nel mucchio dei bambini si vide allora qualche viso volgersi in qua, qualche occhio brillare come al riflesso di un lampo: oh, in compenso alle credenze del lupo che si traveste da uomo e penetra nelle case dei bambini cattivi fingendosi magari, come questo straniero, un loro parente, essi conoscevano la storia del grande uccello d'oro che dagli antichi tempi viveva nelle grotte dei monti, e quando la buona gente lo invocava di cuore, volava sul paese e disperdeva ogni male. Era più fulgido del sole, potente come lo Spirito Santo: ma bisognava esser buoni per farlo uscire.

Come ossessionato dalla sua idea, l'uomo però ripeté:

- Adesso dai monti scendono solo i lupi.

E gli occhi dei bambini tornarono a chiudersi, e i visi a nascondersi. La madre pareva avesse piacere che facessero così, per allontanarli dal malcapitato, dalla sua miseria e soprattutto dal suo male: e frugava nella pentola aspettando, per tirarla giù, che egli se ne andasse.

Egli lo capiva benissimo: un sorriso, questa volta un po' crudele, gli balenò negli occhi. Si alzò, prese la valigia, fu per uscire: la porticina stessa, col suo battere e il suo stridere, lo invitava ad andarsene. Ma quando la donna corse premurosa ad aprirgliela accadde una cosa che solo più tardi i bambini dovevano capire: l'uomo aveva aperto la giacca, e sotto vi apparve un bel corpetto di lana a maglia, di quelli che usano i signori: una catena d'oro lo decorava; una catena che, tirandola, pescò dal taschino profondo un grosso cronometro d'oro con la calotta incisa e sparsa di piccole perle. Guardare l'ora fu certamente un pretesto per metterlo in mostra, e così pure l'indugiarsi dell'uomo ad aprire un portafoglio tratto dalla tasca interna, e leggervi dentro come in un libro.

La donna aveva occhi buoni; e vide che i fogli del libro erano larghi biglietti di banca. L'uomo ne tirò fuori uno, dei più piccoli, e glielo porse: ella lo prese, esitando, poi con un riso chiaro di gioia, di sorpresa, d'ingenua furberia, disse:

- Ma perché te ne vai? Resta a prendere un boccone con noi. Dove vuoi andare, con questo tempo, malato come sei?

Egli s'inumidì le labbra, gustando la sua vendetta.

- Oh, non è nulla: ho gli orecchioni.

Poi si buttò nel vento; e come l'uccello d'oro non si fece più vedere.

L'ESEMPIO

Fra i due, il cacciatore e il cane, questo sembrava il più felice. Era veramente una cagna, da presa, piuttosto anzianotta, grassa, con una faccia buona ma di una bruttezza da vecchia beghina: ipocrita, però, perché quando si trattava di caccia si trasformava in un ferocissimo leopardo. Ne aveva l'aspetto e l'agilità snodata, rimbalzante, quasi elettrica, quella mattina del tardo gennaio che sembrava una mattina di aprile. Da sei mesi il padrone non s'era più mosso dal paese, anzi da casa sua, come fosse malato o precocemente rimbambito e imbecillito: sempre accanto al fuoco, nella grande stanza da pranzo che sembrava una sala d'armi, tanto era piena di moschetti, archibugi, fucili, coltelli da caccia, corni e cartucciere; fumava la pipa e sputava sulla fiamma che si ritraeva indietro indignata. Per conto suo Dama, la cagna, avvilita e annoiata, dopo essergli stata un po' accanto, sbadigliando e stiracchiandosi inutilmente, se ne andava nell'attigua cucina, a rosicchiare gli ossi, a subire l'umiliazione delle pedate della vecchia serva o, peggio ancora, le attenzioni della servetta, che pretendeva di farle leccare gli avanzi del suo caffelatte; finché, stanca di questa miserabile vita, si era data anche lei ai facili e disonorevoli amori della strada, rimanendo pregna di un sudicio cane da pastore.

Era stata l'unica volta, durante quegli ultimi mesi, che il padrone, uscito dalla sua apatia come da una prigione di malfattori, aveva dato in escandescenze tali, con insulti e vituperi non solo alla cagna ma anche alle serve ed a persone che fortunatamente non erano presenti, che persino la vecchissima zia sorda e paralitica, che abitava l'opposta ala della casa, aveva domandato se nella strada c'era una rissa. L'aveva domandato all'altro nipote, il fratello del cacciatore, che la curava e sorvegliava perché il testamento di lei era tutto in suo favore: ed egli, facendole capire che gli urli erano del fratello, si era battuto l'indice sulla fronte. Pazzo, sì, da qualche tempo; infatti quell'altro dava segni di esserlo: e zia e nipote ne sapevano il perché.

Ad ogni modo Dama fu lasciata partorire, e i cagnoli bastardi buttati nel precipizio sotto il paese: tutto il giorno e anche la notte, la cagna si aggirò disperata nella cucina, ove le donne la tenevano chiusa, raspò gli usci, rifiutò da mangiare. Si temette che diventasse idrofoba. Fu allora che il padrone si decise di portarla a caccia.

E caccia grossa avrebbe dovuto essere, poiché egli si sentiva un cuore nero da prendere leoni. Anche Dama, dopo essersi trascinata fiutando nelle straducole la traccia dov'era passata la servaccia col cesto dei cagnolini buttati nel precipizio, appena fuori del paese diventò un'altra. Si sollevò, si snodò con movimenti felini, balzò sui margini della strada campestre, fra i poggi e la valle, e fermandosi su un dirupo abbaiò.

L'eco ripeteva l'avviso; veramente pochi altri segni di allarme rispondevano dagli uliveti della valle e dalle macchie dei poggi. E nessun altro cacciatore disturbava il luogo. La stagione non era adatta: faceva troppo caldo; si vedevano i campi già verdognoli di grano precoce, e i mandorli fioriti; soffi di scirocco venivano dalle lontananze marine, e il cacciatore, preso a salire l'erto poggio, cominciò a sudare miserevolmente: anzi, d'un tratto si abbatté su un masso, e sputò sui cespugli come faceva sul fuoco di casa sua. La cagna parve guardarlo disorientata e avvilita: ed egli, quasi per farle dispetto, trasse e accese la pipa. Questo era il colmo: Dama abbassò le orecchie e cercò qualche cosa da poter sbattere col muso, come quando la servetta le offriva il fondo del caffelatte. Sembrava, sì, che il padrone si beffasse di lei, che l'avesse portata a spasso solo per farle prendere aria come usava donna Palmira col suo cagnolino coevo di Matusalemme. Il cacciatore fumava, sputava, coi grossi piedi affondati in un cespuglio d'euforbia: pareva lui un volpone preso dalla trappola.

Ma ecco d'improvviso si scuote, si drizza sull'alta persona massiccia, e un'ombra vermiglia gli passa sul viso barbuto: ha vergogna di essersi lasciato sorprendere seduto frollo su una pietra, come una donnicciuola venuta a far legna nel bosco: balza su, si tira sul ventre la casacca di velluto rossiccio, solleva il fucile sulla spalla e fischia al cane, con un sibilo di uccello da preda che si converte nel brivido col quale tutto il corpo di Dama risponde.

Eppure l'uomo che scendeva dalla svolta del sentieruolo era un vecchietto con una logora sacca sulla gobba e un bastone di legno fresco: sembrava un mendicante, e un po' lo era, perché vivacchiava girando per gli ovili ospitali dei pastori di pecore e di porci. Ma un tempo era stato servo in casa del cacciatore e conosceva la storia sua e del fratello, rimasti presto orfani, ma in breve diventati forti, virili, uniti da un affetto, più che di fratelli, di amici. Un dramma aveva devastato la loro giovinezza. Una donna già quasi vecchia, di cattiva fama, un'esperta maliarda in amore, aveva stregato e si era fatta sposare dal primogenito; il fratello e la ricca zia materna si erano separati da lui, rinnegandolo per l'eternità: adesso, dopo solo qualche mese di matrimonio, egli aveva cacciato via di casa la donna: ma la sua vita gli sembrava un edificio crollato dopo un incendio. Sdegnava però ogni commiserazione, ogni riadattamento col prossimo: il disprezzo altrui, il dolore proprio se li divoravano il suo orgoglio e un poco anche la sua forza fisica: ma se li risentivano, come di un pasto da belva, di carne cruda sanguinante. Per digerirli, andava a caccia, e nelle soste solitarie in casa sua fumava tabacco forte e beveva vino come quello, diceva la vecchia serva, che beve Lucifero nella cantina dell'inferno.

Da alcuni mesi, però, sembrava cambiato: non usciva più e beveva meno: solo la pipa fumava sempre fra le sue labbra come il piccolo cratere di un vulcano.

L'omuncolo col bastone gli fu davanti senza dare molta importanza all'incontro: parve più interessato delle rimostranze di amicizia che la cagna, riconoscendolo, gli faceva.

- Andiamo a caccia, eh? È da tanto che non ci si andava. Ma abbiamo avuto qualche disavventura amorosa, eh?

Per chi parlava? Il cacciatore non si degnò rispondergli, se non quando il vecchietto disse:

- Fai bene ad andar su: in valle non ci sono che passeri.

- E per passeri sono uscito - rispose allora, dispettoso: perché neppure in fatto di caccia voleva pareri e consigli da nessuno. Il vecchietto tuttavia insisté:

- Tu, passeri? Ricordi, Gregorio, l'anno della grande bufera? Con tutto quel diavolio sei andato su, fino alla conca di Pietranera, e hai cacciato un'aquila. Adesso i pastori hanno visto un cinghiale, ma non riescono a prenderlo: se ci vai tu lo prendi col solo fiuto.

Il cacciatore sorrise, di traverso: tant'è, l'adulazione consola anche i disperati. E Dama, nel capire di che si trattava, si drizzò sul vecchio, quasi per ascoltarne meglio le parole: le grandi orecchie le tremavano come quella volta, al grande vento, quando Gregorio aveva preso l'aquila.

Ma il padrone era subito ricaduto nella sua ombra. La gloria non serve a niente, quando non si ha più nel cuore l'amore per gli uomini. Ma il vecchio era testardo: aveva piantato il bastone fra due pietre e lo guardava, come aspettando di vederlo d'improvviso germogliare.

- Capisco, Gregorio: non ci hai neppure la cartucciera, neppure il carniere né la zucca dell'acquardente. Ma a te, che ti fa? Hai le gambe di puledro e le pietre si scostano per farti passare. Va su, dammi retta. Pare sia una femmina, perché è rossa e nera: sono più onorevoli da cacciarsi, le femmine del cinghiale. Va, va: non è la giornata della grande bufera, quando anche le querce si schiantarono: ma le belle giornate sono più onorevoli, per un bravo cacciatore. Va, va: andate con Dio.

E tirò un'orecchia alla cagna, che guaì di gioia e poi abbaiò verso il padrone. E fu adesso il padrone a sentire un brivido: come in un miraggio di vapori fulgenti rivide tutto il suo passato; l'adolescenza selvaggiamente bella, la prima gagliarda e audace giovinezza, la caccia all'aquila, le feste col fratello, il canto e gli amori. Poi tutto sparve; la sua ombra deforme, ai suoi piedi, gli pareva la sola vera sua persona: ma quando il vecchio se ne andò, tirandosi su la sacca dalla quale, nella sua povertà e nel suo ricordo fedele, aveva gettato il buon seme della carità umana, il padrone ricordò anche il giorno della grande bufera, quando aveva lottato coi venti e con le aquile.

Ed egli va su, su, oltre il poggio, fino alla località del monte detta della Pietranera.

Questa pietra, nera davvero come un enorme blocco di carbone minerale, stava affondata tra i rovi, nel centro della grande conca; e fra esili graniti bianchi, simili a stele, pareva il demonio fra anime innocenti. Si diceva, infatti, fosse un monolito caduto al tempo della rivolta degli angeli, quando anche le stelle, travolte dalla caduta dei ribelli, s'infransero: e che, a sollevarlo, ci si trovasse sotto un'entrata all'inferno. Il luogo era certamente strano, covo di bestie selvatiche, rifugio di uomini banditi e cacciati dagli altri uomini, meta di pastorelli in cerca di avventure sovrannaturali. Anche le querce si erano fermate sull'alto delle rupi, sull'orlo della conca, quasi diffidando di crescervi dentro: e il sole lo sfiorava, girandovi intorno, illuminando solo, dall'alto dello zenit, la pietra misteriosa.

E il cacciatore, che aveva ripreso tutte le sue antiche energie, guardò anche lui dall'alto della conca, come quando, nel bere il vino forte, guardava dentro la coppa che lo distoglieva dai suoi bassi pensieri: di nuovo si sentì dritto e audace; si tolse il berretto, scosse indietro i capelli inselvatichiti come il puledro liberato dal freno.

- Cerca - disse alla cagna; e quella si slanciò giù volando sulle rocce; sparì, infiltrandosi fra i cespugli e le macchie come un uccello; riapparve in fondo, intorno al masso nero; si vedevano i suoi occhi scuri scintillare diabolici, quasi per il riflesso della pietra, e il padrone a sua volta ne sentiva il riflesso nei suoi. Scese anche lui e si appostò a metà della conca, col fucile pronto: se il cinghiale c'era non gli sarebbe sfuggito certo, fosse la femmina, o il maschio ipocondriaco che difende la sua libertà anche assalendo l'uomo come una belva del deserto. Il cacciatore però si sentiva anche lui un po' belva: anche lui, come appunto il cinghiale, aveva cacciato via dal suo covo la femmina, dopo aversela goduta, e adesso difendeva la sua miserabile libertà con le armi selvagge della solitudine. Belve, del resto, tutti:

la donna che gli aveva bevuto il sangue, lo stesso fratello che gli rubava la sua parte di eredità e stava in agguato presso la zia selvatica aspettandone la morte, come egli adesso il passaggio del cinghiale.

La cagna intanto non ricompariva e non se ne sentiva neppure il leggero fruscìo. Tutto intorno era immobile, in un silenzio freddo e pesante, sotto il cielo di un azzurro di diaspro, che aveva anch'esso qualche cosa di pietroso. Cominciando a inquietarsi, l'uomo ricordò certe leggende, di uomini e bestie che sparivano nella conca, senza che più nulla se ne sapesse: neppure le ossa si ritrovavano: egli non ci credeva, o meglio credeva che, più malefici dei diavoli nascosti come vermi sotto la pietra, uomini malvagi combinassero quelle sparizioni. Il primo sospetto che qualche lesto e poco scrupoloso pastore gli avesse accalappiato la cagna lo infocò tutto: allora sentì davvero sapore di sangue, e un senso di odio contro tutta l'umanità gli calò come un avvoltoio sul cuore. Sentì che, se la cagna avesse sofferto il minimo danno, la sua vendetta si sarebbe estesa come un incendio che da lungo tempo cova: contro tutti; la donna, il fratello, la madre stessa se fosse stata viva.

E la cagna davvero non ricompariva; ed egli fischiò, urlò, riempì di echi belluini quel cimitero di pietre.

Da quel momento gli parve di entrare in una specie di allucinazione. Si mosse e andò in cerca della bestia: scivolò, si graffiò tutto, lottando con un rovo che lo tratteneva con morsi di serpente; girò più volte intorno al masso, col desiderio puerile di smuoverlo, come se Dama fosse stata ingoiata dalla bocca infernale. La pietra pareva sorridere: vista da vicino era quasi turchina, con sfaccettature brillanti.

Per quanto esplorasse tutta la conca, il cacciatore non trovò la cagna: esasperato risalì dal lato opposto, deciso di spingersi fino all'ovile dei porcari. Ed ecco, mentre attraversa una breve radura, dolce di verbaschi argentei e di felci nuove, vede Dama sbucare dal limite del querceto e corrergli incontro, poi tornare indietro sui suoi passi, indicandogli la via da seguire. Ci siamo. Ha certamente trovato la tana del cinghiale, e manovra in quel modo per non allarmare la preda. Il cacciatore dunque la segue, ma è di nuovo disorientato perché si accorge che il cane ha un modo insolito di correre, fermarsi, voltarsi, ascoltare, fermarsi ancora ad aspettare il padrone. E poi i suoi occhi sono ritornati buoni, domestici: pare che, invece di trovarsi a caccia di cinghiali, si diverta a giocare nel cortile di casa.

La spiegazione non tardò: poiché in un piccolo anfratto, fra quercioli nani e pietre barbute di rovi, in una specie di nicchia, l'uomo finalmente vide tre cinghialetti che avevano ancora le gambe molli e il pelo giallo e nero umido di sangue: aggrovigliati ancora, come nel ventre materno. Dovevano esser nati da poco, abbandonati momentaneamente dalla madre andata in cerca di cibo.

Il cacciatore si piegò a toccarli, ed essi si sciolsero: i piccoli occhi lo guardarono senza paura: poi uno di essi aprì il muso e leccò l'altro. Avevano fame; e l'uomo, calcolando il tempo dell'assenza della madre, pensò che essa forse era stata veduta e cacciata dai pastori; altrimenti sarebbe stata già di ritorno. Ad ogni modo si poteva aspettarla, caso mai tornasse. Si appiattò dunque di nuovo, a tiro di schioppo, lasciando che Dama, a sua volta, seguisse il suo istinto infallibile: ma, cosa che gli parve straordinaria, si avvide che la cagna si aggirava moscia intorno al covo, fiutando la terra con le orecchie basse come faceva quando frugava nella cucina di casa in cerca di cibo.

Allora pensò che anche lei doveva aver fame; poiché egli era uscito di casa sprovvisto, col solo istinto di togliersi dal suo lungo stordimento, di sfuggire ai pensieri vili che gli piluccavano il cuore come le volpi affamate, quando non hanno altro cibo, si nutrono del frutto del corbezzolo. E, ripreso da propositi che gli sembravano gagliardi solo perché eran feroci, continuò ad aspettare la femmina del cinghiale: l'avrebbe squartata per darne le viscere al cane.

La madre però non torna, e il cane si fa sempre più strano, inquieto, ma di una inquietudine mansueta, come quando lungo la strada fiutava il passaggio dei suo poveri cagnolini buttati nel precipizio. Ed ecco, sotto il sole sempre più alto, il buon sole che illumina anche le pietre maledette, e fa scintillare come fiamme verdi le giovani felci, il cacciatore crede di riprendere a sognare come nelle notti di luna i piccoli pastori erranti.

È un sogno antico, di quando le fate abitavano i boschi, e uomini e bestie si amavano come eguali, sotto la legge dell'innocenza che non conosce né il peccato, né l'odio, e neppure il dolore.

Dopo giri e rigiri simili a quelli di un vortice che attira al suo centro, la cagna si era avvicinata ai cinghialetti, e li annusava: uno di essi, quello che sembrava il più ardito, il primogenito, allungò il muso fino ai penduli acini del ventre di lei: ed essa si stese, e i tre orfani poterono succhiare il latte delle sue mammelle.

Storie da cacciatori? Sarà. Il fatto è che abbiamo veramente conosciuto il signor Gregorio, quando egli aveva ripreso cristianamente in casa la moglie e fatta la pace col fratello.

IL POSTO

Dove era l'officina di Michele Paris il meccanico? Da due ore il suo compaesano ed amico, chiamato anche lui Michele, inutilmente e faticosamente la cercava. Qualche tempo prima il meccanico aveva scritto alla madre, assicurando di trovarsi bene, di lavorare in una grande officina, della quale dava l'indirizzo, di guadagnare abbastanza per vivere, d'andare al cinematografo ed anche alle partite di calcio. Era una specie di rivincita che egli si prendeva, poiché era scappato di casa, con qualche soldarello si intende, non garbandogli l'umile mestiere di fabbro per ferri da cavallo, del suo severo genitore: il quale nei primi tempi minacciava di fracassargli la faccia col martello se riusciva ad acciuffarlo. Adesso le cose si erano dunque placate; Michele aveva mandato anche una sua piccola fotografia, coi capelli rossi impomatati, la spilla alla cravatta, il fazzolettino che si affacciava alla tasca della giacca. Non si dubitava nemmeno che egli un giorno non sarebbe diventato padrone di un'officina e magari di un'automobile. Il primo a crederci era l'altro Michele, quello che adesso da due ore lo cercava per le strade della città.

Bisogna dire che queste strade e questa città erano coperte di neve: una neve da burla, per Michele secondo, abituato alle nevicate alte del suo paese; ma qui tale da stordire con una specie di gelida ubbriachezza tutti quelli che s'incontravano per le strade. I ragazzi pattinavano urlando, le ragazze che andavano a far la spesa camminavano come su un fiume gelato; uomini imbacuccati e impellicciati correvano quasi spinti da un pericolo, e i ragazzi che non avevano la fortuna dei pattini improvvisati si esercitavano in una inesorabile battaglia di palle di neve. Una ne arrivò e scintillò sulla capoccia selvatica di Michele, mentre egli domandava per la ventesima volta notizie dell'officina. Nessuno sapeva dov'era.

Così arrivò a uno spiazzo, in un quartiere nuovo ancora in costruzione. C'era un piccolo mercato, con cesti di verdura appassita dal gelo, pesci che sembravano di vetro e mucchi di arance che, queste almeno, facevano concorrenza ai braceri accesi dalle erbivendole. Brillava anche qualche fuoco, allegro, nel chiarore quasi lunare della bianca giornata, come i fuochi della notte di Sant'Antonio nella piazzetta davanti alla casa di Michele. Ed egli ci si fermò davanti, incantato e infreddolito, sembrandogli di esser capitato in un paese un po' più grande del suo, ma sempre paese. E fu lì che una donna tutta ardente di geloni, maternamente impietosita per il naso rosso e gli occhi desolati di lui, s'interessò finalmente alla sue domande. La strada, sì, ella l'aveva sentita nominare: doveva essere una strada nuova, non molto giù di lì, dove si costruivano case e palazzi. Può darsi ci sia un'officina, apposta per lavori inerenti alle fabbriche; ma altre indicazioni ella non sa dare. Gli regalò anche un'arancia, che egli si portò via fra le mani quasi per riscaldarsi. E cerca e cerca, e gira e gira, fra grandi case grigie e sinistre peggio delle rocce del suo monte, e per strade deserte e fangose, arrivò in un altro spiazzo, che accrebbe la sua sensazione di trovarsi in una solitudine alpestre: era un cantiere. La neve copriva i monticelli di pozzolana, i mucchi di laterizî, i pali e le travi buttate per terra, gli scavi incominciati per le fondamenta: una grande vasca d'acqua gelata rifletteva il cielo di alabastro, e pareva un piccolo ghiacciaio; l'orizzonte era ostruito da fabbriche ancora ingabbiate di travi, tutto bianco e freddo come di marmo; solo, in uno spazio vuoto, si vedeva una linea consolante, viola e bianca, di vera montagna.

E nessuno intorno: dell'officina rumorosa e calda, poi, la traccia svaporava anche dalla fantasia di Michele. Ma, guarda qua guarda là, distinse, fra il labirinto di passaggi del cantiere e delle costruzioni, un ventaglio di fumo che pareva salisse da una buca. Buono è il fumo, che annunzia anche nei luoghi più impervi la presenza e il calore dell'uomo. E Michele, con l'arancia d'ottone fra le mani, si diresse a quella volta. Ed ecco, davanti a una specie di baita, che completava il quadro montuoso, apparve la figura di Michele Paris. L'altro Michele lo riconobbe ai capelli rossi, lunghi e arruffati come la criniera di un piccolo leone; e poiché l'amico non si accorgeva di lui, piegato com'era a soffiare sul fuoco fumoso di un fornello da muratore, si avanzò di nascosto, gli piombò alle spalle, e su queste batté un pugno potente.

Il meccanico balzò in piedi ululando, con gli occhi verdi spalancati. Riconobbe il compaesano; gli restituì senz'altro il pugno sul fianco. Poi si abbracciarono.

- Dov'è dunque l'officina? - fu la prima domanda dell'amico. - E tu, dove stai?

- Qui - dice l'altro, additando il casotto come un castello. - Adesso ti dirò: vieni dentro.

Dentro c'erano arnesi di muratore, un giaciglio fatto di assi e stracci, e, ai piedi di questo, una macchina d'arrotino. Non essendoci altro, si misero a sedere sul giaciglio, davanti al fornello, la cui sola fiamma illuminava l'ambiente. Come quadro non c'era male; ma il compaesano non ricordava di essersi mai trovato, neppure nelle stamberghe più strette e povere del paese, in un luogo più sudicio e disperato di quello: la cosa più confortante era la faccia tosta di Michele Paris. Tirandosi indietro i capelli infiammati ma anche pieni di polvere e di pagliuzze, egli diceva, con la sua voce ancora rauca di adolescente:

- Ci ho la camera, in città, col letto grande e le sedie; ma l'officina non è qui. Qui, - aggiunse abbassando la voce, - vengo per far piacere all'impresario della fabbrica accanto; che, del resto, mi paga. Si tratta di questo: hanno trovato una statua antica, nelle fondamenta; e si crede ce ne siano altre. Valgono migliaia e migliaia di scudi. Allora, perché gli operai o i ladri non se le portino via, io sono qui come guardiano. Ci sto anche alla notte. Ecco.

L'altro aprì la bocca, con un riso muto che mise allo scoperto i suoi denti lupigni: poi la richiuse; si volse a tradimento e diede un altro pugno sulle spalle dell'amico e, mentre questi si drizzava sulla schiena e inghiottiva la saliva per non gridare, disse: - Ho bell'e capito, brutto maramaldo. E non mi ricordavo che eri il più grande bugiardo dei nostri dintorni. E ho creduto alle tue baggianate scritte, e son venuto qui... son venuto qui...

A dire il vero sembrava più disorientato lui dell'altro; il quale prese subito il sopravvento.

- E allora, che sei venuto a fare? Il brutto pecorone sei tu.

Si scambiarono un mucchio di parolacce: dopo di che, però, vennero ad amichevoli confessioni:

e il compaesano disse che era venuto con la speranza che l'altro gli trovasse un posto nell'officina, o dovunque fosse: una sinecura che permettesse anche a lui di andare al cinematografo, farsi la fotografia e mandarla a una ragazza dalla quale era stato sbeffeggiato.

- Ci hai soldi? - domandò l'altro. - Coi soldi si trova tutto.

No, non ci aveva nulla, l'illuso; neppure il tanto per il viaggio di ritorno. Allora Michele Paris confessò che anche lui non aveva neppure da mangiare, quel giorno: tutto il suo capitale consisteva nella macchina d'arrotino, ma con quel tempo non si poteva neppure andare in giro a cercar lavoro.

- C'è però la serva del commendatore che, dovendo sposarsi la sua signorina, ha promesso di farmi arrotare tre dozzine di coltelli. Andiamo a vedere: può darsi che me li lasci portare qui.

Con questa speranza andarono a vedere; ma la serva non era in casa e la cuoca non aveva tempo da perdere coi due poveracci. Tornarono indietro, e il compaesano dovette far le spese lui: comprarono pane, lardo e altre due arance: il nevischio continuava a cadere, fangoso e pungente: ma nel casotto non mancavano almeno le assicelle per alimentare il fuoco. Riconfortati, anzi rallegrati dal calore dei loro sedici anni e delle loro avventure, i due amici si abbandonarono ai loro ricordi, di quando bambini cavalcavano l'asino del padre di Michele secondo; oppure quando, nell'oliveto roccioso, sopra i dirupi del paese, andavano a caccia di talpe. Bei tempi: e al loro ricordo essi si sentivano così felici che ridevano fino a buttarsi l'uno contro l'altro, ripetendo, per scherzo s'intende, i loro esercizi maneschi. Poi, non essendoci altro da fare, si sdraiarono sul giaciglio, abbracciati come bambini; e l'un Michele sognava una grande officina dove egli si arrabattava ad aggiustare un'automobile che era anche una macchina d'arrotino, mentre l'altro, già pratico della realtà, si accontentava dei trentasei coltelli del commendatore.

VENTO DI MARZO

Saranno cose appartenenti alla vecchia letteratura, ma sono anche vere e, se non eterne, infinite: e il fatto è questo, che la signora Dolfin, quella notte, non poteva dormire, a causa del vento furibondo che scuoteva tutta la casa e pareva la volesse respingere come una nave verso il porto.

- Va, vecchia carcassa sconquassata; che hai da cercare ancora nell'oceano? È già molto se ti permetto di salvarti, poiché non mi degno neppure di farti naufragare: va, dietro front.

La casa infatti era vecchia, sebbene ancora solida: solidi i muri, di vero travertino e non di ricotta, diceva il signor Dolfin; ma le aperture e gli infissi tutti spaccati, con fessure per le quali il vento fischiava come un monello fra le dita. Chi, a sua volta, s'infischiava del vento era il signor Dolfin, nella camera attigua a quella della moglie: il fragore del libeccio lo faceva anzi dormire, e, nelle brevi soste di silenzio, si sentiva, come un accompagnamento d'organo in una sacra funzione, il suo russare davvero quasi musicale.

Ma questa sinfonia d'uomo in realtà santo perché accettava la vita come un dono di Dio, e non tradiva nessuna delle sue leggi, irritava maggiormente la signora, e il miglior complimento ch'ella potesse fare al compagno della sua vita era quello di dargli dell'animale.

Ecco però il vento riprende la sua terribile battaglia: e non potendo, in quel luogo, capovolgere velieri e buttare poveri diavoli in mare, si contenta di prendersela con gli embrici dei tetti, con le canne degli orti, e soprattutto con le persiane della casa; pareva avesse un mostruoso bisogno di spaccare i vetri, e divorarseli come un mangiatore di spade. E infatti ecco uno strepito di vincitore gonfiò la camera in fondo al corridoio; le persiane pareva applaudissero con allegro furore, un vetro fu spaccato e portato via. Si spalancò l'uscio, e l'aria si mosse, sino a far scricchiolare anche quello della signora. Ella si buttò giù dal letto come per ricevere in piedi l'assalto: ma vi fu di nuovo una sosta, e in mezzo alla rovina il russare del vecchio sposo parve un suono di zampogna fra i ruderi pittoreschi di un antico maniero.

Ella si infilò la veste da camera, ancora giovanilmente fiorita di grandi peonie, e andò ad esplorare. E camminava piano, con le pantofole felpate, tentando di non fare il minimo rumore; ma accorgendosi che erano l'istinto e l'abitudine a spingerla così, come una lepre fra i roveti. Infatti nella casa non c'era nessuno da poter disturbare; casa davvero silenziosa e deserta, con un profumo di solitudine come quello delle rovine dei castelli un giorno fastosi e pieni di rumore e di vita: e la finestra della camera di fondo, aperta sul buio tremolante di stelle della notte agitata, ne completava l'impressione. D'un balzo, per evitare una nuova invasione del vento, la signora tirò con tutta la forza delle sue braccia ancora bianche e resistenti, le persiane ribelli e, per maggiore sicurezza, legò la maniglia col cordone della sua vestaglia; poi chiuse i vetri, attenta a non ferirsi con quello del quale rimanevano solo due pugnali verdastri, e fermò gli scurini sulle tendine dove i grifi del filé continuavano a rincorrersi tranquilli. Il vento ricominciò: ma era vinto, ormai, e batteva invano le sue armi contro la persiana che non si moveva più.

Allora la signora si volse, e le parve di riflettere sul viso i biancori della camera: quello della coperta del lettuccio, quello del pavimento inghirlandato di edera nera, e soprattutto quello gelido del marmo del cassettone. Un senso di smarrimento era intorno e dentro di lei: il vento aveva sparso qua e là i fogli di carta e di giornale, sollevato la tovaglietta del comodino, rovesciato una scatolina sul cassettone: ma, quello che alla donna sembrava più significativo e di fatali presagi, staccato dalla testiera del lettuccio il ramoscello di ulivo benedetto: le foglie accartocciate si erano disperse, chi sa dove; si erano nascoste, come spaventate dall'assalto dell'invasore: rimaneva il piccolo scheletro del ramo, sul lettuccio funereo.

- La colpa è mia, la colpa è mia, la colpa è mia - ella disse fra sé; e le parve d'inchinarsi, come il peccatore quando, davanti all'altare, si picchia con involontaria ipocrisia il petto.

Poi si guardò attorno, e le parve che, oltre allo scheletrino grigio dell'olivo, i fogli a terra fossero brani di fantasmi: fantasmi ch'ella da due mesi aveva chiuso nella camera, dove non era più entrata per non soffrire la loro presenza. Così, per la noncuranza dolorosa di lei, la persiana era rimasta mal fermata, e il vento aveva avuto buon gioco come il nemico contro l'avversario addormentato.

Ella raccolse i fogli, li fermò sullo scrittorio a fianco della finestra: spiegò la tovaglietta, sollevò la scatola sul cassettone: ogni oggetto le gelava e bruciava le dita, quasi fosse quello di un morto adorato.

E non era forse morto, per lei, il suo unico figlio, il suo sempre piccolo Cesco, che si era sposato, andato lontano, abbandonando il vecchio nido per formarsene uno tutto nuovo? Ella non voleva male alla donnina che si era portato via il figlio. Ma era stata, ed era, gelosa di lei, come tutte le madri che si vedono portare via i figli, d'una gelosia ch'ella era la prima a riconoscere animalesca e superficiale. Più che altro, forse, a farla soffrire era la rottura delle abitudini familiari, o quel senso di vuoto che lascia la partenza di una persona amata. Disse bene chi disse: partire è un pochino morire.

E tutto era morto davvero, nella casa grande in cui le risate, i pianti, le canzoni e le colere di lui, e i suoi passi e soprattutto il suono della sua voce, avevano palpitato come il sangue in un corpo giovane e vigoroso.

Oltre alla scatoletta rovesciata, altri oggetti si allineavano sul marmo del cassettone; un porta calendario di ferro battuto, con l'ultimo foglietto che aveva la data delle nozze, pareva un palo in una pianura nevosa che indicasse la direzione della via da seguire. E lui se ne era andato, per quella via, appunto in un bel giorno d'inverno tutto scintillante di neve: ma la madre aveva chiuso le imposte e dentro le era rimasto solo il buio e la desolazione dei luoghi ove non ci si sa più orizzontare.

Quest'impressione le durava ancora, quando uno squillo, simile appunto a quello di una stazione di campagna all'annunzio del passaggio di un treno, la richiamò all'ordine. Era il telefono.

- A quest'ora? Chi può essere? Forse uno scherzo del vento?

Ma non era poi tanto tardi: la sveglia, nella saletta da pranzo dove da tanto tempo il telefono non funzionava che parcamente per i fornitori della famiglia, segnava le undici.

- Pronti. Pronti.

- Con chi parlo? Pronti. Mamma sei tu?

La voce veniva di lontano, come da una grotta marina; e cavernosa lo era, ma nello stesso tempo incantata, simile a quella dell'eco.

- Cesco! Sei tu?

Così si incontrarono, madre e figlio, attraverso uno spazio iperboreo, nel vento che di fuori pareva appunto il rombo delle onde contro l'apertura scogliosa di una grotta: ma dentro tutto davvero si fece luce, con stalattiti iridescenti e fantasmagorie favolose di perle e diamanti, e intorno l'azzurro dell'infinito, quando la voce lontana disse:

- Mamma, devo darti una buona notizia, una bella notizia. Mamma, Giacinta è... Giacinta è... mamma, mi ascolti?

- Parla, parla - ella rispose, forte, poiché aveva l'impressione che egli credesse di non essere ascoltato.

- Giacinta è... è anche lei madre.

Poi seguirono altre parole; un mese, due mesi, segni sicuri, l'ostetrico, il nome, la gioia di papà, le vacanze e la riunione nella villetta di Cervia, buona notte, scusate il disturbo.

Ma erano tutte parole decorative, come le foglie sullo stelo di un fiore.

LA MIA AMICA

La mia prima e sola amica si chiamava Biancofiore: ed è stata la prima e sola persona al mondo che io abbia cordialmente invidiato. Il padre era medico, ma anche studioso di lettere: di qui forse il nome della sua unica figlia. La madre, una nobile decaduta, ma autentica, di antica origine spagnuola, non usciva mai di casa, bianca, fredda e taciturna più di una monaca di clausura. E anche lei, Biancofiore, cresceva col suo nome, come crescono i fiori col loro e non si può immaginarli con un altro: la rosa è la rosa, la giunchiglia è la giunchiglia. Biancofiore aveva il pallore diafano della gardenia, incoronato dal nero corvino dei capelli lisci e iridati; e anche gli occhi erano scuri, ma di quel bruno meridionale, lampeggiante di sole, con le sopracciglia che restano nere anche nella più tarda vecchiaia.

La casa del dottore era nuova e bella, con tende di merletto alle finestre, lo studio di lui con grandi vetrate, e intorno un giardino piccolo, ma colorato di fiori rari. Piante di gelsomino rivestivano il muro di cinta; una ghiaia fina e preziosa come polvere d'oro perché fatta venire da una spiaggia lontana ricopriva i viali; un albero esotico, nientemeno che di pepe, ombreggiava con le sue frange di seta una panchina di marmo bardiglio che sembrava di torrone. Una gabbia rotonda e dorata con due canarini pendeva come una lampada nel salotto da pranzo. Tutto per me era straordinario, in quella casa: perché la nostra era vecchia e nuda, la famiglia numerosa e grezza, l'orto pieno di cavoli e di ortiche; un tronco abbattuto per sederci, nel cortile terroso e tumultuoso di galline; l'antico focolare omerico in mezzo alla cucina; e per ricevere le visite, per lo più dei canonici della cattedrale e delle loro candide sorelle, la camera da letto degli ospiti, quando questi non c'erano.

Avevamo anche noi, appesa in cucina, una grande gabbia che pareva una stia, con dentro una vecchia ghiandaia grigia, spelacchiata e insolente. È vero che conosceva uno per uno tutti gli abitanti della casa, ed anche i vicini, e li chiamava a nome, con una strana voce che pareva venisse da un mondo lontano, dal mondo favoloso ove anche gli animali parlano e sono intelligenti e filosofi più che certi uomini del nostro: questi uomini le avevano tagliato la punta delle ali, facendole perdere l'azzurro che ricordava le alture boschive dove era nata: in cambio essa pareva beffarsi di loro, e specialmente della padroncina che si vergognava della vivace prigioniera pensando ai gentili stupidi canarini della sua amica.

Amicizia nata dalla vicinanza sul banco di scuola della seconda classe elementare, e via via rinforzatasi appunto dall'attrazione dei contrasti. Biancofiore, bella, ben vestita, sempre accompagnata da una domestica già anziana che scimmiottava la frigida austerità della nobile padrona, non aveva, nonostante l'esempio e la biblioteca del padre, che una gracilissima intelligenza: io la stordivo con le mie invenzioni, con l'essere la prima della scuola, con la beffa benevola ma condita d'invidia, che per vendicarmi indirettamente di lei mi prendevo delle cose e delle persone che la riguardavano. Del resto questo istinto, fatto, più che d'ironia, di umorismo, era comune in tutta la nostra razza pastorale, povera ma orgogliosa, selvatica ma intelligente: è il sale che condisce il pane degli umili. E, così, io andavo nella casa e nel chiuso giardino di Biancofiore come in un piccolo paradiso che non avrei mai posseduto; e i tulipani, le azalee, le rose bianche, l'albero del pepe, la gabbia d'oro con le fiammelle dei canarini, le vetrate che riflettevano con fantasie lacustri il cielo e le siepi di gelsomini; il vestito rosa della mia amica, le sue collanine di corallo, mi lasciavano, dopo queste visite, il gusto amarognolo delle feste godute in casa altrui. L'orto coi cavoli, il tronco per sedile, il focolare fumoso, tutto mi umiliava e mi irritava, e soprattutto la ghiandaia sempre vigile e curiosa che mi chiamava con la prima sillaba del mio nome, e pareva indovinasse e deridesse i miei sentimenti.

Poi vi fu la tragedia dei cani. Il padre di Biancofiore, dopo che alcuni ladruncoli avevano tentato di scalare il muro del giardino, si procurò un grande bellissimo cane lupo, sempre agitato come un'onda in tempesta: alla notte i suoi occhi si vedevano di lontano: legato davanti al cancello del giardino, riempiva il luogo tranquillo di veri ruggiti, e la gente andava a vederlo appunto come un leone in gabbia. Allora mi vergognai anche del nostro mite, del nostro nero Maometto: un cagnolino bastardo, la cui ragione di esistere nessuno l'aveva mai capita: era vecchio e umile, amico di tutti, anche dei ladri: infatti, una volta che ci erano state rubate le galline, non ne aveva dato il menomo avviso: non solo, ma persino i gatti gli destavano paura. Nel vicinato tutti si ridevano di lui: dicevano che gli avevamo messo la dentiera: la stessa ghiandaia lo sbeffeggiava. Inoltre cominciarono ad arrivare certe poesie anonime, composte proprio contro di lui, ed erano veri libelli, dove la povera bestia veniva insultata, calunniata, derisa, minacciata di essere accalappiata e ridotta in salsicce. Era, certo, uno scherzo di cattivo gusto, e Maometto forse leccava la mano al suo codardo poeta: ma io ne provavo rabbia e umiliazione e, d'accordo con le sorelle, si decise di compiere un delitto. Complice, suggestionata da me, fu Biancofiore: dalla vetrina dei medicinali del padre riuscì a sottrarre una polverina velenosa. Maometto la prese, mischiata a una polpetta: la prese proprio dalle mie mani, scodinzolando con gioia, guardandomi coi suoi occhi umani che non ho mai dimenticato; poi cominciò a tremare, corse a nascondersi nel suo covaccio, morì da stoico, senza un solo lamento. Allora io e le sorelle ci si mise a piangere: e mai lagrime di coccodrillo furono più sincere.

Eppure la sorte di Biancofiore e della sua amica fu molto diversa: ella rimase nella sua bella casa, coi suoi canarini, i tulipani, i gelsomini, la serva fedele, mentre io salivo la scala della vita, con tutti i suoi diversi gradini, a volte di marmo lucente, a volte di pietra aspra e corrosa. Non mi mancarono l'amore, la maternità, l'agiatezza, la fama, le vanità mondane; ma neppure il dolore, la malattia, il disinganno. In certe ore, quando appunto la scala disuguale della vita pare mancante di qualche gradino precipitato non si sa come, e nel vano si scorge un vuoto minaccioso come quello di un trabocchetto, io mi siedo sullo scalino ancora fermo, con le spalle al pericolo, e guardo la strada già fatta, pensando se non sarebbe stato meglio non farla. Allora ricordo la casa nuda e primitiva, lo spigolo di una parete bianca dove erano rimaste le tacche impresse da me negli anni giovanili, come le linee di un termometro che segnava la febbre dei miei sogni; il tronco per sedile, l'uccello che parlava, Biancofiore nel suo giardino di tulipani e gelsomini.

Biancofiore non si era mai mossa dal suo sfondo, come non si muove una figura, per quanto bella e viva, dal quadro ov'è dipinta: aveva la mia stessa età, ma dimostrava sempre quindici anni; e adesso era sola, con la vecchia serva fedele che pareva anch'essa una figura del quadro, destinata a viverci sempre. Gente del paese portava, qualche volta, loro notizie: notizie sempre eguali, ma sempre buone. Non si sapeva se Biancofiore avesse mai avuto una passione, un dolore, una malattia. Come i popoli felici, non aveva storia. Non scriveva mai, non mandava neppure un saluto: forse si era anche dimenticata del passato, dell'amica, come ci si dimentica di un oggetto perduto che non si spera più di ritrovare. Lo scalino della sua vita era la panchina di marmo, che non saliva, ma neppure scendeva, e soprattutto non presentava pericoli se non quelli di un improvviso ma subito riparabile acquazzone. Le sue mani sempre giovani, con le dita che come i ceri non accesi non si consumano mai, lavoravano solo qualche maglietta per i bambini poveri; sebbene i bambini poveri non dovessero goderne molto calore, perché lei non ci metteva molto del suo.

Con tutto questo la sua antica amica riprendeva a invidiarla, più che se Biancofiore avesse trascorso una vita di movimento, di lusso, di passioni soddisfatte, di ambizioni raggiunte. Dall'alto del suo scalino, l'amica salita in alto vedeva il panorama del suo passato come sotto la luce ineffabilmente triste di un luminoso tramonto di maggio; le rose del mattino sfogliate, la sera che si avvicinava, senza più il mistero dei sogni, anzi col sorriso duro delle realtà di un altro giorno passato invano.

E allora, tra vanità e vanità, col vuoto alle spalle e davanti la visione delle cose perdute, meglio la vita immobile di Biancofiore. Ella almeno non rimpiange nulla; come un bambino morto nei suoi primi anni rimane anche lei sempre bambina, innocente e pura; i suoi sogni sono intatti, gli uomini per lei sono sempre buoni, i fiori e le stelle sempre fiori e stelle.

Ma una volta arrivò a Roma, in pellegrinaggio, la sua serva vecchissima: pareva venisse dai tempi e dai paesi fondati da Jolao[1]: anche la sua voce era lontana, di un mondo mitico, come quella della ghiandaia. E con quella voce disse:

- La mia padrona è morta, ai primi di maggio. Non aveva nulla: è morta così, come di languore. E adesso lo posso dire, in confidenza: durante tutta la sua vita non ha fatto altro che invidiare, la sua prima e sola amica.

---

[1] Uno dei primi colonizzatori della Sardegna.

LA STATUETTA DI SUGHERO

Era venuto l'uomo del sughero, cioè il negoziante che ogni sette anni acquistava il prodotto non dato dalle ghiande delle querce sugherifiche centenarie del vastissimo bosco sull'altipiano della *Serra*, ma dalla corteccia dei tronchi; corteccia spugnosa, elastica, a strati ogni anno sovrapposti gli uni agli altri, compatti e leggeri, a maturazione completa, come un legno dolce e, alla superficie, rivestiti di una scorza fungosa grigiastra che serve ad accendere e avvivare il fuoco. Il sughero scelto veniva estratto da lavoratori abili, che lo incidono all'altezza e alla base del tronco, poi in lunghezza, in modo che si stacca a strisce larghe, alquanto concave, che vengono bagnate per allargarsi e appianarsi, e infine legate a pacchi come lastre di gomma rossastra, preziosa quanto il marmo. E viaggiano, queste umili escrescenze nate e cresciute nei boschi primordiali, dove pascolano i porcellini allegri e intelligenti, e i pastori solitari spezzano le ossa coi denti forti come zanne d'avorio; vanno dapprima al macero delle fabbriche di tappi e poi in tutto il mondo, a rendere più allegre le feste, a saltare con orgiastica violenza fra i pazzi zampilli delle bottiglie di vino spumante, ad accompagnare, con lo scoppio che provocano, le risate elegantemente perverse delle donnine già un po' ebbre; ed anche nei cordiali simposi degli umili, dove la padrona ha cura di non buttare il turacciolo che può servire ancora.

Gli alberi padri di tanta chiassosa ricchezza rimangono fermi sulle loro profonde radici, scorticati e sanguinanti come martiri; ma a poco a poco l'aria balsamica li risana, la natura li riveste pietosa d'un primo velo poroso come la garza che avvolge le piaghe; i ciclamini e i funghi calpestati si risollevano ai loro piedi e la pernice d'oro svolazza fra i loro germogli. Un'altra èra deve passare prima che vengano di nuovo martirizzati; e donna Giacinta, in quei sette anni di abbondanza, nasconde le migliaia di lire ricevute dal loro fecondo sacrifizio, in ogni angolo della casa. Con qualche lastra di sughero sottratta al negoziante, il pastore porcaro ha, intanto, fabbricato non solo tutti i recipienti, le tazze, i vassoi necessari all'ovile, ma anche quelli che fanno comodo alla sua padrona: vasi cuciti col filo forte della pelle d'agnello, e tappati ermeticamente, vasi più grandi, concavi, buoni per lavare la roba di casa; recipienti per mettervi ad addolcire le olive, e altri più grandi ancora per la farina lievitata; e tazze per bere, secchie per attingere l'acqua, catinelle per lavarsi i piedi. Il sughero è amico dell'acqua e del vino, al quale serve da tutore fino all'ora della maggiore età e spesso anche fino alla più grande vecchiaia; è amico del fuoco che alimenta con prontezza devota, è amico dei bambini che facilmente vi possono incidere i loro giocattoli; ridotto in fogli sottili e quasi trasparenti si trasforma in decorazioni delicate, per quanto di gusto discutibile, e persino in biglietti da visita; e fra le altre mille cose alle quali può servire, ma questa volta in modo nocivo, alle donne che hanno qualche vendetta piccola o grande da compiere.

A una di queste singolari fattucchiere donna Giacinta aveva un tempo attribuito la sua disgrazia. Il suo unico figlio, Gioachino, bellissimo giovane esuberante di vita, Gioachino che era stato coraggioso e valoroso volontario di guerra, e, al ritorno, più agile e robusto di prima, s'era divertito nel miglior modo possibile consentito dall'ambiente del paese, era un giorno partito alla ventura con pochi soldi in tasca, come un disoccupato in cerca di lavoro, e dopo i primi anni non aveva più fatto sapere nulla di sé. Una ragazza al servizio della casa, ingannata e delusa da lui, aveva combinato la *fattura*, intagliando nel sughero una statuetta deforme, e anche poco decente, che rassomigliava allo Zeus degli scavi preistorici, e l'aveva flagellata di spille con la capocchia rossa. Così per opera di questo minuscolo mostro, ma soprattutto per la ferma volontà demoniaca della fanciulla delusa, la disgrazia doveva pesare a lungo sulla casa della benestante donna Giacinta: e la benestante donna Giacinta, trovata la statuetta proprio sopra la cornice antica di un uscio che dalla sua camera comunicava con quella del figlio, attribuiva la scomparsa di lui alle maledizioni della ragazza: senza ricordarsi che la sua avarizia, che raggiungeva una vera idolatria per il denaro, i suoi continui rimproveri, i menzogneri lamenti di mancanza di denaro, il cattivo nutrimento, le persecuzioni alle serve, e specialmente a quella piccola bruna dal viso di oliva che piaceva a suo figlio, lo avevano costretto a fuggire di casa.

Era dunque venuto l'uomo del sughero, a portare la caparra. Da molto tempo egli ricompariva ogni sette anni, a tempo giusto, al cominciare della primavera, dopo essere stato di persona a visitare il bosco e a valutarne il prodotto. Il sughero si sarebbe potuto estrarre con più frequenza, ma egli preferiva aspettare che fosse ben maturo: ci si guadagnava di più tanto lui che la proprietaria. Veniva di lontano; ma si teneva in corrispondenza con lei, perché non facesse il torto di preferire un concorrente; ed era puntuale, onesto, anzi il più generoso di tutti gli altri compratori.

Ecco che arriva. Donna Giacinta, lo chiamava l'annunziatore degli anni, o meglio dei periodi, delle sette vacche magre e delle sette vacche grasse, conforme la somma che egli, in rapporto del bosco, onestamente offriva. E questa volta si trattava proprio dei sette anni di abbondanza. Il primo a rallegrarsene era l'uomo, perché aveva una famiglia numerosa da aiutare e viveva solo per quello. In quei sette anni s'era un po' invecchiato, ma di una luminosa vecchiaia; aveva un alto bastone, col manico ricurvo, intagliato da lui in un ramo di noce, e la barba lunga, di un bianco metallico, increspata come un'onda: rassomigliava al patriarca Giacobbe, vecchio, sì, ma ancora potente, col pastorale del comando.

Donna Giacinta, poiché non voleva che le serve sentissero dei suoi affari, lo ricevette nella camera di Gioachino dove c'era il suo scrittoio da studente che invece di intenerirla l'aveva sempre irritata, perché il ragazzo vi teneva, non i registri delle entrate e delle uscite, ma disordinati quaderni di poesie, minute di letterine amorose e altre dannose scritture.

Seduto davanti a questo scrittoio l'uomo parlò pacatamente dell'affare: disse che c'era una ottima produzione di sughero, questa volta, ed essendo questo cresciuto di prezzo per nuove applicazioni industriali, offriva una somma dalla proprietaria assolutamente inaspettata. La sola caparra raggiungeva una ragguardevole somma. Poi si parlò dei giovani, e il negoziante raccontò che i suoi figliuoli s'erano tutti sposati, e alcuni avevano già qualche bambino.

- Avranno sposato donne ricche, - dice la baffuta Giacinta, raccogliendo intanto i denari che l'uomo le aveva contato, - oh, certamente ricche.

- Ma perché ricche? Brave ragazze, sono piene di salute e di buona volontà. E allattano i loro marmocchi e fanno il pane per i loro uomini. Questa è la vera ricchezza. La mia casa è sempre allegra come una sala da ballo in giorno di festa. E di suo figlio, donna Giacinta, ha buone notizie?

Donna Giacinta raccoglie i denari e tende l'orecchio come per ascoltare il lieto frastuono della casa del patriarca. Ma non sente che il silenzio della sua; un silenzio che va di camera in camera come un fantasma, e se si ferma presso qualche mobile facendolo scricchiolare sinistramente. È il silenzio stesso della morte.

- Gioachino... - comincia, e vorrebbe mentire, dicendo che, sì, Gioachino ha scritto, ultimamente, che sta bene, lavora, campa; che lei naturalmente da buona madre lo aiuta come può e lo invita a ritornare presto, a crearsi anche lui una famiglia, a rianimare, a far rivivere la casa morta.

Ma il suono stesso di quel nome, da molto tempo non pronunziato, le sembra quello di un'eco; e, per la prima volta, le si presenta chiara l'idea che Gioachino sia morto: è il suo spirito, di ritorno dalle terre lontane, che va in camera, nella casa vuota.

Nascose il denaro in uno dei tanti suoi ripostigli. Non lo metteva alla Banca perché aveva paura: pezzi di carta per pezzi di carta meglio quelli che si possono spendere subito. Ma dove spenderli? Non lo sapeva neppure, come spenderli; e i soli che andavano a prendere aria, con suo grande affanno, erano quelli delle tasse. Eppure la visita e le notizie dell'uomo del sughero le avevano lasciato un'insolita inquietudine. Vedeva la casa di lui piena di gente, le donne che allattavano, o gramolavano la pasta; i giovani che alla festa tornavano mezzo brilli e con le tasche vuote, ma facevano ballare sul ginocchio il loro primo bambino, augurandosi di farne presto ballare un secondo sull'altro ginocchio.

Finalmente ebbe un'idea: tentare di aver notizie del figlio e, se non altro, mandargli denaro. Forse lo invoglierebbe a tornare. Ma dove cercarlo? Era più silenzioso e introvabile del fantasma che si appoggiava ai mobili e li faceva gemere.

L'idea che fosse morto, peggio che in guerra, che le sue ossa biancheggiassero in terra straniera, a poco a poco la vinceva e allargava intorno a lei un vuoto freddo e inumano: allora si ricordò di Dio e si mise a pregare.

- Signore, fatemi almeno avere sue notizie: lo aiuterò, gli manderò tutto il denaro che ho in casa.

Più grande offerta non poteva fare, scambiando Dio con un usuraio.

E fu esaudita; poiché qualche tempo dopo il figlio le scrisse dalle Indie inglesi: s'era fatta una magnifica posizione, ed anzi aveva il piacere di mandarle un assegno di cento sterline.

LA MELAGRANA

Era una domenica, di novembre. La serva del Paradiso doveva avere anche le, per l'arrosto festivo, spennacchiato piccioni e pollastrelle, perché il cielo, bianchiccio come un'aia pulita, era sparso di piume violacee e lionate. La stiratrice del quartiere, che quel giorno non doveva lavorare, lavorava il doppio: aveva lavato, nella vasca per il bucato, i suoi sette bambini, li aveva cambiati e, con in mano ciascuno un pezzo di pane e una fetta di ricotta, lasciati uscire nella strada: e adesso lavava le loro vesti, nell'acqua insaponata e oleosa del loro santo sudiciume. Aveva mal di denti, ma era contenta lo stesso, perché il marito stagnaio aveva mandato i soldi dall'Africa; e orgogliosa dei suoi bambini sani e puliti, che si erano addossati in fila, come in un altorilievo, sul muro color creta del giardino del Commendatore: le pareva, anzi, di sentire una voce cantare, in lontananza, nella lontananza della sua fanciullezza con un tono dolciastro e irreale come quello del cielo sopra il giardino: era la radio del Caffè del Dopolavoro, in fondo al campo del pattinaggio.

La strada è di tutti. E dunque uscirono ben presto i figli del fornaio, e i due maschietti del lucidatore di mobili. Questi due erano i più meschini, sporchi e, sembrava, affamati. Ma si capiva perché: la madre era morta di mal di petto, il mese prima, e adesso badava a loro una parente anch'essa malaticcia e stanca: ad ogni modo tutti erano pronti a gridare, ad arrampicarsi dove si poteva, e sopra tutto a darsi le botte: e la battaglia sarebbe presto cominciata se in fondo alla strada, dove finiva il muro del giardino, non fosse apparso il nemico comune.

Nemico temuto e temibile per la sua audacia, ma anche per un certo suo colore misterioso.

Era tutto nero, con un grembiale che aveva il luccicore duro e unto del carbon fossile solo i capelli erano color terra, opachi e umidi, come se egli, sbucando da una miniera intatta, avesse sfondato con la testa l'ultimo strato di argilla. E da una specie di cava egli invero sbucava; perché era il figlio del carbonaio.

Come i ragazzini del lucidatore di mobili, neppure lui aveva, per la pausa festiva, mutato vesti; e neppure s'era lavato, cosa per lui perfettamente inutile; ma lo spirito della giornata gli turbinava dentro, con una voglia ebbra di fare cose cattive, di sentirsi libero del demone che per sei giorni della settimana lo schiacciava coi sacchi del carbone portati a spalla, demone a sua volta. Un'occhiata gli bastò per avvolgere in un principio di gas asfissianti l'orda nemica; specialmente le bambine, che pure avevano per lui l'ammirazione morbosa che si ha per il figlio dell'orco: le bambine che conoscevano, sulla pelle bianca delle loro braccia, i mazzolini di violette delle ecchimosi dei pugni di lui. Appena lo videro si strinsero meglio al muro, mentre i maschi si schieravano loro davanti: tutti disposti al coraggio, alla lotta.

Ma una cosa insolita avviene. Arrivato a metà del muro, il ragazzo si ferma, spalanca gli occhi, e con un baleno di cristallo, li richiude, fa un cenno di sì con la testa, come rispondendo a una sua fulminea domanda: e apre la bocca, coi denti di smalto che riflettono la luce. E con un solo slancio balza sul muro, scavalca la bassa cancellata, si lascia andar giù, come un sacco vuoto del suo carbone. Il gruppo avversario non si sorprende: anzi, dimenticando la difesa delle bambine, le strapazza per veder meglio dentro il recinto: sebbene sappia già di che si tratta.

Si trattava che nell'ultima settimana un uragano aveva, con una violenza da esercito in guerra, devastato il giardino. Le foglie erano quasi tutte cadute: quelle della paulonia pendevano come stracci dalle fronde stroncate; e quelle del fico nano, che con le contorsioni grottesche dei suoi rami rappresentava il buffone del giardino, sembravano pipistrelli addormentati. Così il luogo aveva perduto alquanto il suo richiamo di piccolo paradiso terrestre, di paradiso perduto per la razza dei bambini poveri del quartiere, ma in cambio si vedevano, non più velati dal ricco fogliame, alcuni frutti meravigliosi: gli ultimi cachi, rossi e lucidi come boccole di corallo; e la prima melagrana del giovane albero, che la offriva in mostra, rossastra, dura e col capezzolo spaccato, con una insolenza provocatrice.

Era quello che ci voleva, quel giorno, per il figlio del carbonaio: strisciando come il serpente fra i cespugli si avvicinò alla pianta, vi si allungò, tese il braccio: il frutto cadde, come una meteora, fra lo scintillare dorato delle foglie che l'accompagnavano: il ragazzo se la cacciò in tasca e fuggì via correndo quasi carponi sotto il muro, mentre una voce tonante, simile a quella che scacciava appunto i nostri padri dal paradiso terrestre, risonava dall'alto di una finestra. Ma quando il servo del Commendatore venne giù, in giacchetta azzurra e scarpe di feltro, il vero ladro era sparito, e due dei suoi disgraziati ammiratori, i figli del lucidatore, tentavano di seguirne la traccia, quasi fiutando l'odore del frutto proibito. L'uomo li conosceva bene tutti, canaglie figli di canaglie; inseguì dunque questi due, d'impeto, li afferrò con le dita, come un rastrello, per le orecchie e i capelli, fece atto quasi di sbatterli uno contro l'altro come faceva con le pantofole del padrone, poi se ne lasciò sgusciare di mano uno, il più grande, per meglio pestare a pugni e schiaffi l'altro, che allungava il collo e faceva un viso di gatto strangolato.

- Non siamo stati noi - gridò correndo in avanti il fratello.

- Chi è stato dunque, mascalzoni?

Ma nessuno di quelli che lo sapevano fiatò: forse per un istinto di omertà, forse per vendicarsi in qualche modo dell'uomo che picchiava. Passò però una piccola suora di porcellana nera e bianca, con un po' di azzurro negli occhi e un po' di viola sulle labbra, e volle rendere giustizia. Una melagrana? Sì, aveva veduto un ragazzo, alla svolta della strada, che spaccava contro il muro una melagrana e la mordeva. Ma neppure lei disse chi era.

Così il servo lasciò il ragazzo, che corse via piangendo verso casa, ma per non prenderne ancora dalla zia, - il padre fortunatamente non c'era, - si rifugiò coi bambini della stiratrice nell'antro di questa. Tutti dentro, come pulcini spauriti dal passaggio del nibbio: tutti bianchi come la ricotta appena finita di mangiare. La zia però, col viso livido, venne a cercare i ragazzi, e avrebbe finito lo scempio se il piccolo nipote non si fosse d'un tratto piegato in avanti, stringendosi con le mani il ventre. E vomitò: vomitò un liquido rosso che colorì il pavimento bianchiccio di varechina. Le due donne si guardarono con terrore: poi la stiratrice mise la mano sulla fronte del ragazzo, aiutandolo a finire di sputare sangue e saliva. Mormorava:

- Non è nulla, non è nulla - ma tremava tutta, e quando il ragazzo fu adagiato su una sedia, vuoto e sudato come una camicia bagnata, ella spazzò con la scopa intrisa di varechina la pozza del sangue, accanendosi come per far sparire il segno di un assassinio.

L'altro fratello intanto, spinto da un furore di paura e di rabbia impotente, correva dietro il ladro: lo vide che risaliva la strada succhiando metà della melagrana, e con l'altra raschiando il muro; e questo evidente disprezzo del frutto proibito accrebbe la sua esasperazione. Cercò e trovò un sasso, lo lanciò giusto sulle spalle del malfattore: lo vide trasalire, e senza fermarsi, anzi correndo nel sentirsi inseguito, sputare anche lui qualche cosa che sembrava sangue: erano il succo e i chicchi masticati della melagrana. Della quale buttò via i residui, che potevano accusarlo. L'altro li raccolse, li pulì contro la sua giacchetta, ma cercando di nasconderli; e fuggì via in senso inverso al nemico. Dalla porticina della stiratrice vide, fra il gruppo dei bambini e delle donne pietose, il fratello che pareva un piccolo Cristo deposto col vestito sanguinante e il visino lilla stranamente invecchiato. E quando, per tentare in qualche modo di rianimarlo, gli avvicinò alle labbra uno spicchio della melagrana, dal quale aveva scorticato la buccia scoprendo i chicchi di perle granate, vide quel viso riprendere un respiro di vita, sì, ma con un brivido di raccapriccio: poiché il frutto, aspro e bastardo, aveva proprio il sapore della spugna con cui fu abbeverato Gesù.

AGOSTO FELICE

È una felicità un po' stracca e monotona, la nostra, appesantita dal caldo sciroccale di quest'agosto variabile, in riva al mare. Nulla ci manca; tutto, anzi, pare esclusivamente nostro. Nostra la casa, con intorno i freschi pioppi del Canadà sempre sorridenti e danzanti, col mare blu e il cielo lilla fra i tronchi sottili, il suolo sparso di foglie che al primo sole sembrano davvero monete d'oro; e dall'altro limite la strada litoranea asfaltata e coperta di rena, sulla quale scivolano veloci e silenziose le automobili in viaggio estivo; e le innumerevoli biciclette delle donne e dei ragazzi con la testa in giù, i capelli svolazzanti nella corsa sfrenata, mettono un movimento e un'allegria di rondini a volo.

Sono belli e schietti, i tramonti che si godono da questa strada, camminando sicuri, sui margini ancora felpati di erba biondiccia, come su una corsia di casa nostra. Avanzandosi verso i campi, si vedono ancora prati teneri: le lucertoline guizzano fra l'erba come pesciolini in acqua e certe farfalle rosa e gialle si confondono coi fiori delle siepi. Il grande sole granato cade fra gli alti pioppi, sopra i casolari dei contadini e i pagliai rinnovati: si sente un odore di campagna autentica, che fa dimenticare di essere al limite di una stazione balneare, un tempo primitiva e quasi esclusivamente riservata ai contadini abbrustoliti che il giorno di San Lorenzo vi facevano sette bagni trascinandosi appresso le loro cavalcature, adesso diventata di mezzo lusso, col suo bravo Grand Hôtel maestoso eppure bonario, con le sue dame come il Re Marco con Isotta la bionda: coi suoi eccellenti premî letterari: infine col suo periodico illustrato, fonte di gloria o di mortificazione per i personaggi dei suoi elenchi mondani.

Il piacevole, di queste spiagge arriviste, alla conquista di una ricchezza stabile, è quello di trovarsi fra due mondi del tutto diversi: ti volti verso il mare e vedi la spiaggia popolata di bellissime donne quasi nude, e sul metallo del mare, fra le rosse e dorate paranze dei rudi pescatori adriatici, la sagoma di imbarcazioni eleganti con a poppa uomini ricchissimi, cantanti, artisti celebri: ti volti dal lato opposto, e i tetti bassi di vecchie tegole, coi comignoli fumanti, il grido delle anitre, le voci gravi della terra, ti rimandano al tuo villaggio natio, al quale si torna volentieri col pensiero, specialmente quando si ha la sicurezza di non rivederlo mai più nella realtà.

Di notte, poi, l'incanto è maggiore, se la luna, nascosta dalla fascia dei pioppi, pare immersa nell'argento del mare, e si sente un fruscio come di canneti animati di spiriti notturni, o, se il mare ha le sue inquietudini, un lontano suono di organo che le comunica al nostro cuore, egualmente profonde e indefinibili. Purché il caldo non faccia dimenticare le superflue fantasie, e le stelle filanti che solcano la fronte buia dell'orizzonte non diano l'idea che anche il cielo sudi.

Felicità, dunque, completata da piccoli aiuti quotidiani, da risoluzioni di problemi materiali che in città assumono spesso, per quanto sembrino banali, colore di dramma, turbando l'equilibrio delle ore di lavoro e della pace domestica. Qui tutto è facile, pronto e cordiale: se si ha bisogno di un operaio, ecco l'uomo appare come il mago del bosco, coi suoi arnesi miracolosi; c'è, di faccia a casa, il vecchio adusto contadino, che coltiva il nostro piccolo parco, e se gli si offre un bicchiere di vino canta ancora un inno alla vita; e la gagliarda compagna vi fa il bucato con la cenere vergine del suo focolare, e vi porta, strette al seno perché non perdano il calore del nido, le uova salutari. Passano, rapide e asciutte, le donne con l'offerta dei doni della terra e del mare: eccole ai vostri piedi, col loro odore di pesce o di solco concimato, coi loro cesti; e insistono perché, oltre al necessario, sia accettato un piccolo regalo di pomidoro o di cannocchie ancora vive.

Gradito è anche il passaggio dell'uomo delle maglierie, gobbo come un cammello sotto le sue gualdrappe frangiate e colorate; quando le espone sul parapetto della loggetta terrena, tutte le donne di casa corrono come api intorno ai fiori, sedotte dagli scialli che ricordano la coda del pavone e dalle magliette zebrate o rosse, soprattutto rosse, il colore che attira poi a sua volta intorno alle belle ragazze i mosconi amorosi.

Ma fra tutte le agevolezze e le oneste provvidenze di questo luogo, dove la giornata passa simile a un gioco di fanciulli sulla rena, una è davvero straordinaria e quasi miracolosa. Tutti, più o meno, conosciamo le ore di inquietudine quando, nella metropoli, uno della famiglia si sente male, e si aspetta con ansia la visita del dottore. I dottori hanno sempre da fare, in città; per quanto premurosi, e alcuni veramente amici dei loro clienti, la loro visita non può essere immediata. Qui, invece, il dottore è pronto: come un arcangelo anziano ma arzillo ancora, arriva biancovestito sulle ali della sua bicicletta, e in un attimo le sue parole rischiarano l'abbuiato orizzonte domestico. E le sue ricette non sono dispendiose: «acqua fresca e pura» o, al più, qualche limonata purgativa. Se poi da Ravenna arriva con la sua macchina da traguardo la dottoressa, bisogna quasi far festa alla malattia, come ad un'ospite ingrata che sappiamo di dover fra qualche ora congedare.

La dottoressa è bella, elegante; alla sera si trasforma come la fata Melusina, coi suoi vestiti e i suoi gioielli sfolgoranti, e gli occhi e i denti più sfolgoranti ancora: ma fata lo è anche davanti al letto del malato, sia un principe o un operaio, al quale, oltre alle sue cure sapientissime, regala generosamente bottiglie di vino antico e polli e fiori. Il suo nome è Isotta.

Del resto, anche il perire, in questo soggiorno fiabesco, non dovrebbe essere agitato e pauroso: morire, appunto come nei racconti delle antiche genti, alla più tarda età; andarsene per l'ultima passeggiata in carrozza verso la pineta una sera di ottobre, accompagnati dall'inno sacro del mare, fra i candelabri accesi dei pioppi d'oro: fermarsi nel piccolo camposanto all'ombra glauca dei pini, tra i fiori azzurri del radicchio e le pigne spaccate che sembrano rose scolpite nel legno. Alla più tarda età.

NEL MULINO

Si era andati a passare quello scorcio di vacanze nella provincia di Mantova, in riva al Po.

La casa dei nostri ospiti, agiati e laboriosi artigiani, era proprio sotto l'argine, al quale si saliva per una *fuga*, largo sentiero ombreggiato da alti pioppi che parevano fatti di una sostanza evanescente. Davanti e intorno alla casa, separata dalle altre da prati e frutteti, si stendeva una luminosa cometa di saggine segate e messe ad asciugare; e del resto quasi tutta la distesa dei campi era bionda, e il verde della vegetazione ancora fresca aveva come un riflesso di quest'oro ogni giorno più intensificato dal sole di settembre. Nel pomeriggio faceva caldo: un caldo quasi afoso, senza respiro; ma col cadere del sole l'aria si interneriva; veniva su l'alito sano del fiume; pur senza vento i pioppi tremolavano, quasi facendosi fresco da sé, e un profumo di fieno, di siepi, di terra umida si spandeva fin dentro la casa in quell'ora tranquilla e deserta. Tutti erano a lavorare nei campi, o nella fabbrica di scope dei nostri ospiti; quattro oche dure e fiere come scolpite nel marmo vigilavano l'aia, e guai a chi non da esse conosciuto, si azzardava ad avvicinarsi all'abitazione dei padroni: lo perseguitavano peggio dei cani, col becco potente; i loro strilli si sentivano sino al fiume.

Avvertita da questo allarme, un giorno, mentre ci si trovava a passeggio sull'argine, la più giovane delle nostre ospiti, una biondina fragile e con gli occhi cerulei come quelli di Ermengarda, corse giù a vedere, armata di una fronda. Niente paura: tornò su accompagnata da un bel vecchio alto, coi folti capelli candidi, vestito decentemente ma scalzo e coi pantaloni rimboccati sulle gambe rossastre.

Dopo aver rigirato più volte fra le mani callose il cappelluccio nero, egli arrossì, e infine ci invitò ad andare a mangiare i gnocchi nel mulino che suo figlio aveva, non molto giù di lì, per la sola ragione che eravamo amici di amici.

- Poi si va a pesca: ho la barca, ch'è mia. Vero, che è mia, Ninina?

La biondina, per tutta risposta, corse di nuovo giù per la china dell'argine, andò ad avvertire i genitori e tornò con la fronda convertita in un salame lungo e sodo come un randello.

Fu una gita indimenticabile. Il fiume era azzurro e, verso le rive boscose, d'un colore denso di lapislazzuli già venato dal rosso del tramonto.

La barca andava trasportata dalla corrente, e il vecchio, dritto coi remi a fior d'acqua, ci guardava orgoglioso e commosso come personaggi straordinarî, mentre la ragazza, piegata sulla sponda di prua, immergeva la mano nell'onda e la ritraeva con strilli di gioia, quasi avesse pescato perle. Anche la sua treccia sfiorava l'acqua che la rifletteva come un serpente d'oro. Passò un barcone carico di pomi che spandevano il loro profumo nell'aria ventilata: del resto tutto il paesaggio odorava di frutteto e di orto innaffiato.

Or eccoci al mulino che ha l'aspetto romantico di una palafitta: le ruote che però sembrano d'acciaio accolgono la corrente con tale forza da parer che giochino; ma l'acqua è seria, ha altro da fare, e s'impenna con dispetto, sfuggendo quasi rabbiosa. Il rumore monotono echeggia nel bosco della riva e ritorna come quello di una segheria fiabesca. D'altronde ogni cosa prende a poco a poco il disegno e le tinte esagerate di una illustrazione per libro di strenne all'antica. Si sale la scaletta scricchiolante e ci si ritrova in una specie di piattaforma di assi, davanti a un casottino di legno dentro il quale, in un pulviscolo argenteo, si muovono le figure bianche e nere dei mugnai. Tutto si muove e respira: il moggio che pare giri da sé, felice della sua attività incessante; la farina che vien giù come da una piccola sorgente naturale, i sacchi che si riempiono dondolandosi: e il rumore e l'ansito dell'acqua, addentata dalla ruota, nella gabbia dei pali, danno l'idea di un pachiderma irretito, che si dibatta e provochi con la sua forza selvaggia il semplice ingranaggio del mulino.

Il sole è già basso e nudo di raggi, sul cielo rosa, sopra i languidi salici della riva ma l'acqua ha raccolto tutto il suo splendore che pare non debba mai venir meno: e le isolette di sabbia, coperte di cespugli e di fiori gialli, danno al paesaggio fluviale un'illusione di vastità marina. Si avrebbe voglia di approdare nella più estesa di esse, che sfida maggiormente la fantasia di chi guarda, con una capanna da pescatore, nera e pennuta, sotto un esile pioppo di stagnola, e un fuocherello sullo spiazzo sterposo. Che fa l'abitante dell'isola felice? Probabilmente scioglie un tegamino di pece per rattoppare la sua barca; o forse arrostisce l'unica tinca che ha potuto pescare durante la giornata; ad ogni modo, veduto di lontano, attraverso lo spazio liquido e mobile del fiume e nell'atmosfera illusoria del tramonto, egli si alza alla statura di un conquistatore di terre inesplorate.

Tutto è bello e buono quando si è ancora giovani, sani, compagni di gente leale e semplice: anche nel focolare del mulino arde la fiamma ospitale: il vecchio si era tolta la giacca e aveva impastato la farina, sull'asse bianca che tremolava quasi ridente. Con un accento di segreto, ammiccando verso la biondina che si era già messa a flirtare col più giovane dei mugnai, mentre io guardavo con curiosità la sua fatica, disse con aria da iniziato: - Per esser speciali, questi qui, bisogna impastarli con l'acqua del Po. Vedrà, vedrà: è ben altra cosa che quelli del paese.

Si trattava di gnocchi: in breve uscirono dalle sue mani come tante susine bianchicce, e il mugnaio anziano venne ad ispezionarli toccandone uno con la punta dell'indice. Bene, bene; non restava che cuocerli e condirli: il che fu fatto con rapidità incredibile. Ma dov'era la tavola? Bene o male vennero, sì, fuori le stoviglie: certe scodelle grigie e rosse di terra cotta che davvero parevano del tempo dei palafitticoli; e anche tre forchette di stagno che furono offerte come rarità archeologiche agli ospiti più illustri; ma la tavola fu il parapetto della piattaforma, con la lampada del sole all'orizzonte. Più che un banchetto sembrava un rito, una casta comunione in omaggio alle deità fluviali, con gl'invitati in piedi lungo la rozza balaustrata, al suono d'organo delle onde: e i gnocchi sparivano in religioso raccoglimento o meglio si liquefacevano in bocca, come ostie: ed era invece, il loro, un sapore indefinibile; qualche cosa fra il piacere, sì, della gola, ma anche quello di un verso dimenticato che d'improvviso torna alla memoria. L'acqua del fiume, con la quale erano impastati, c'entrava certamente in questa malìa.

Forse i mugnai non la pensavano così, sebbene anch'essi assorti e un po' in soggezione: anzi il più giovane, un bel ragazzo ancora liscio e imberbe, si ingozzò come un bambino, e, come appunto ai bambini, la bella dalla treccia d'oro, per mortificarlo di più, corse a battergli la mano sulla spalla. Per fare lo spiritoso, egli cominciò a gridare: «Aiuto, aiuto». Una voce lontana rispose: e pareva fosse anch'essa quella dell'eco, mentre era invece il pescatore dell'isola, che, a sua volta forse con invidia, si accorgeva della festa sul mulino. Il vecchio rispose a modo suo, col risolino beffardo della bocca sdentata: scuoteva cioè una bottiglia di lambrusco che scintillava al riverbero dell'acqua: la sturò, e il turbolento zampillo che ne saltò fuori parve un fiore violaceo.

Allora la timidezza del suo goffo figliuolo e dei giovani nipoti si cambiò in tanta familiare allegria; anzi il mugnaio si trovò ad essere un antico compagno di scuola di uno degli ospiti, e si ricordò la volta che erano caduti entrambi fraternamente in un fosso. E poiché tutti si era diventati amici e fratelli, con grandi grida e sventolii di fazzoletti fu invitato a venire il pescatore; ma egli faceva il difficile, come un vero sovrano di colonie, e anzi, forse credendosi un po' burlato, fece anche lui vedere una bottiglia, poi se l'accostò alla bocca in atto di bere.

- È piena d'acqua - gridò il mugnaio giovane, minacciandolo col salame che aveva cominciato ad affettare sul dorso di un piatto. Anche le fette del fragrante salume vennero mostrate al solitario isolano, che, con le braccia abbandonate sui fianchi, parve darsi vinto. D'un tratto però, quando si cominciava a lasciarlo in pace, egli balzò giù nel suo scalo da gioco, sciolse la barca e attraversò a volo lo spazio che ci separava. Aveva una gran barba bianca, ma non sembrava molto vecchio: e i suoi denti ancora intatti scintillarono al tramonto, quando egli venne su svelto sulla nostra terrazza, con un fazzoletto umido, entro il quale aveva avvolto qualche cosa. Tutti gli fecero festa: gli batterono le mani sulle spalle, lo volsero e rivolsero come per esaminarlo meglio. Sì, era proprio lui, il vecchio Justin, pescatore di professione, che tutti, da una riva all'altra del fiume, lungo la Valle Padana, avevano sempre conosciuto con la barba di schiuma, gli occhi color d'acqua e la bocca di pesce. Dei pesci aveva anche il saggio mutismo; e, infatti, solo a furia di domande, di colpettini, e soprattutto per virtù di un'altra bottiglia comparsa misteriosamente sopra coperta, si decise a rivelare, ma più a cenni che altro, la ragione per la quale, facendo una memorabile eccezione, era venuto a prender parte al nostro festino. Quel giorno compiva gli ottanta anni.

Per questa stessa ragione la festa fu prolungata fino al tardi, e l'anfitrione fece la polenta e arrostì i pesciolini portati da Justin. Fermata la ruota, un silenzio che stordiva più che il fragore dell'acqua si allargò intorno, con una sospensione di realtà. Pareva si fosse versata una abbondante quantità d'olio sul fiume, e le cose s'imbrunissero per il riverbero ambiguo: ma la treccia della fanciulla, appoggiata con le spalle al parapetto, tramandava ancora una luce dorata; e quasi fosforescente era la barba del vecchio pescatore che tutti noi guardavamo, un po' volutamente, eppure inteneriti, come l'immagine paterna del tempo.

LA FUGA DI GIUSEPPE

Giuseppe era fuggito di casa. Il perché non lo sapeva precisamente neppure lui. Aveva tredici anni; l'età ingrata; ed era come affetto da manìa di persecuzione. A suo parere, tutti gli volevano male; tutti lo disprezzavano, lo trascuravano; non solo, ma lo maltrattavano anche, se si trovavano a contatto con lui: il che, del resto, avveniva di rado, poiché la madre era sempre fuori di casa, e il padre nel suo frequentato studio di avvocato. Di questo studio era designato a successore il piccolo taciturno Giuseppe; ma egli non la intendeva così: egli detestava le chiacchiere, le interessate compagnie: amava i grandi silenzii, le vaste solitudini: dei rumori gli piacevano solo quelli dei motori, delle tempeste, delle folle plaudenti agli eroi vittoriosi. Per questo aveva deciso di scappare di casa, trovare una sua strada, vivere di sé stesso, come gli uccelli dell'aria. Intanto, cominciò col rubare: non dal cassetto del padre, per non accrescerne il furore, ma da quello della madre. Sapeva, poiché i misteri più complicati della casa gli erano noti, che la madre aveva, all'insaputa del padre, un discreto deposito destinato alle differenze del sarto: quindi non si sarebbe accusata. Ed egli attinse da quei fondi segreti il necessario per vivere i primi tempi dopo la fuga; poi pensò con abilità volpina al modo di disperdere le sue tracce: sarebbe andato a piedi fino alla prossima stazione, non eccessivamente lontana dalla città dove egli viveva.

La strada la conosceva bene: la fortuna lo aiutava: il padre assente per affari, dalla parte opposta dov'egli si dirigeva; la madre ad un ricevimento che sarebbe finito tardi. Egli non pensava alla disperazione di lei, sola in casa, nell'accorgersi della fuga di lui: gli spiriti forti e avventurosi devono essere duri, se occorre anche crudeli: ed egli credeva di essere già un forte.

Cammina cammina, intanto faceva di tutto per nascondersi ad ogni incontro; e gli era facile, perché la strada, tutta svolte, serpeggiava fra poderi assiepati, e ogni tanto aveva, come un fiume gli affluenti, scorciatoie e viottoli che si perdevano nel fitto delle vigne e dei frutteti. Frutteti estesi come boschi, che odoravano di pesche e di pere, del cui colore le casette dei coloni sembravano tinte: e tutto intorno era quieto, arioso, felice di offrire la sua pacifica ricchezza: solo l'anima del fanciullo si chiudeva sempre più in un'aridità stanca e senza sfondo.

Egli aveva calcolato male la distanza, percorsa sempre, prima d'allora, in bicicletta o nella macchina del padre: non finiva mai, adesso la strada; ed egli temeva già di non arrivare in tempo a prendere il treno. Affrettò il passo; quando non vedeva nessuno si metteva a correre, le sue gambe erano lunghe, corazzate dagli agili calzettoni sportivi; e allenate, anche; ma le vie del mondo sono più difficili di quelle ben tenute delle piste: corri, corri, Giuseppe; il sole al tramonto si diverte ad allungarle esageratamente, le tue gambe, e ingrandisce i tuoi piedi come se calzati con le scarpe delle mille leghe: d'improvviso il sole si nasconde dietro le vigne, ma per non ricomparire più; e anche Giuseppe si ferma e si sente solo, avvilito come l'uomo senz'ombra.

Riprese a camminare, cominciando però a credere di essersi smarrito: l'incontro con qualche viandante non gli dispiaceva più come prima; ma erano rapidi incontri; donne nere in bicicletta, violenti motociclisti che passavano come semidei avvolti in nuvole di polvere: carri di fieno, in cima ai quali il contadino filosofo si riposava come su un talamo ambulante. Oh, Giuseppe, piacerebbe anche a te partecipare a quel posto, per te, in questo momento, più fantasioso e comodo della prua di una nave, ed anche di una navicella di velivolo; e andare, andare, nel cerchio rosso-blu dell'orizzonte, così dolce sopra gli alberi già scuri; andare, andare, almeno fino alla stazione.

Ebbene, il suo desiderio fu in parte esaudito. Ecco che, dopo un'altra buona tirata, quando il rosso-blu del cielo si è spento in un colore di lavagna, egli arriva davanti a una specie di accampamento di selvaggi, fatto di capanne coniche, di paglia; ed anche di una casetta, in fondo, che sembra una di quelle piccole chiese, di assi e di mattoni, che i Missionari s'ingegnano di edificare appunto nei luoghi più lontani delle regioni non ancora civilizzate. Al nostro viaggiatore non dispiace il posto; e per un momento si incanta a guardarlo dal socchiuso cancello di rami che conclude il recinto, tanto più che una grande luna infocata sorge in una lontananza quasi marina, accrescendo il fascino nostalgico del paesaggio: anzi ha desiderio di fermarsi là, per una prima sosta: può anche darsi che ci sia da fare qualche cosa, utile per lui e per gli altri. Molte cose egli sa fare: potrebbe anche insegnare a leggere e scrivere ai selvaggi, come i suoi odiati maestri hanno fatto con lui: e quasi tutti i grandi uomini, scrittori, esploratori, inventori, hanno cominciato la loro carriera con l'esercitare i più duri mestieri. Poi ride e sbadiglia, con un ringhio di cane affamato: sa benissimo di fantasticare, e che il solo suo scopo è di introdursi nel recinto, avanzandosi fino alla casetta dei contadini per domandare se la strada per la stazione è quella: sa pure benissimo che non sdegnerebbe di comprare dagli stessi contadini una pera o un grappolo d'uva ancora acerba, per tappare in qualche modo il buco che gli si apre nello stomaco: ed entra, e passa fra l'una e l'altra delle fiabesche capanne, accorgendosi che sono alti e solidi pagliai, ad uno dei quali, già intaccato in cima, è appoggiata una scala a piuoli. Dai pagliai alla casa, della quale però Giuseppe osserva la porta e le finestre chiuse, c'è appena lo spazio dell'aia ancora ingombra di stoppa e di mucchi di pula; e tuttavia egli non ha il tempo di attraversarlo perché un grosso cane nero, con gli occhi di brage, sbucato di dietro la siepe, urla con un boato di mostro, e gli corre incontro. Freddo di terrore, il ragazzo ebbe però l'istinto e la prontezza di arrampicarsi sulla scala a piuoli e salvarsi in cima al pagliaio; ma non del tutto sicuro di sfuggire all'assalto della bestia, ancora più inferocita dalla presa di possesso di lui.

Invano tentò di nascondersi in mezzo al fieno, per fortuna già smosso dal tridente del contadino: il cane non si chetava, anzi raddoppiava i latrati. Mai Giuseppe aveva sentito urli simili: e altri cani rispondevano, da vicino e da lontano, con un coro che, nel silenzio del crepuscolo lunare, accompagnava, quasi con una certa unanime solidarietà, la protesta furibonda del guardiano dei pagliai. Siamo qui, pareva a Giuseppe che dicessero; anche se ti riesce di fuggire dal tuo nido, ti prenderemo noi e ti succhieremo come un osso.

Il cane, giù, protestava più sdegnato, spettava solo a lui far giustizia dell'intruso: che egli scivolasse appena dal pagliaio e avrebbe il fatto suo.

- Mi sbranerà i pantaloni, - gemeva Giuseppe, frugando tra il fieno per nascondersi meglio, - mi morsicherà; se non morrò, dovrò per lo meno fare la cura antirabbica. Ecco che adesso il maledetto scava con le zampe la base del pagliaio; lo farà crollare; farà di me una pizza. Ecco che si arrampica sulla scala: se la tirassi su? Ma c'è pericolo di precipitare. Ma che diavolo fanno i contadini? Non sentono il chiasso? Perché non vengono ad aiutarmi? Possono però anche tirarmi una fucilata. E, infine, che ho fatto io? Non sono un ladro; non avevo cattive intenzioni: non faccio male a nessuno. E dicono poi che i cani sono bestie intelligenti.

E gli veniva voglia di parlamentare col cane, di fargli intendere la ragione: si guardava bene però di aprir bocca e soprattutto di muoversi. Passerà anche questa; qualcuno verrà. Rassicurato alquanto, provava anzi, in fondo in fondo, un certo gusto al pericolo. Gli sembrava di essere un aquilotto, minacciato dal cacciatore, nel suo nido aspro illuminato dalla luna; e si pentiva di non aver preso, per paura di una contravvenzione, la rivoltella del padre. Così avrebbe dato una buona lezione al cane: e gli parve fosse questo suo coraggio, questo suo orgoglio di resistenza, a intimorire per suggestione la bestia; poiché i suoi urli cominciarono ad affievolirsi, a diventare quasi lamenti, a farsi anzi supplichevoli.

- Scendi, Giuseppe; vattene; sono stanco di abbaiare per un piccolo mascalzone quale tu sei.

Anche gli altri cani erano tornati ai fatti loro; e nel silenzio già glauco di luna, si sentivano, dalla strada, i fili del telegrafo vibrare come le corde di una chitarra. Così, almeno, sembrava a Giuseppe; e gli parve che quei fili lavorassero parlando di lui. La madre, a quell'ora, già scoperta la fuga del suo Giuseppe, ne comunicava la notizia alla questura: la questura la trasmetteva alla stazione, e questa alle altre stazioni del regno: tutta una nazione era in subbuglio per lui. Ma poi si accorse che si trattava dell'impassibile canto dei grilli.

Finché non tornò, in motocicletta, il contadino: aveva accompagnato la moglie per la visita annuale ai genitori di lei, con relativo banchetto per la lieta occasione: adesso egli era più allegrotto del solito.

Quando si accorse dello strano uccello appollaiato sul pagliaio si mise a ridere come un pazzo. Tuttavia Giuseppe scese con una certa dignità, anche perché l'altro teneva fermo il cane; e spiegò a modo suo l'avventura.

- Sono arrivato fin qui passeggiando; e adesso, per il vostro schifoso cane, faccio tardi a tornare a casa: sono il figlio dell'avvocato Volpini.

Allora il contadino, quasi intimorito, si offrì di accompagnarlo a casa in motocicletta.

LA LETTERA

Adesso che Gina era alta e soda, una vera Giunone ancora in sottanina rosa, e ancora tanto pacioccona da pensare solo alle faccende di casa, adesso che lo stipendio del babbino era calato, e lei poteva trastullarsi con l'aspirapolvere come con uno dei giocattoli appena abbandonati, si pensò di licenziare la serva elegante quanto birbante, e prendere una ragazzina di campagna, di quelle robuste e smaliziate che lavorano più delle grandi. Venne la ragazzina, con una testina nera, due codine di trecce, due occhietti vivi, i dentini acuti: tutto di topo campagnolo, ma di quelli buoni, che rovinano interi seminati.

Lavorare lavorava: e poi si affezionò subito alla casa, agli oggetti di cucina, ed anche alla signorina, che le faceva da maestra di economia domestica. Più che affezione era un senso di ammirazione quasi morbosa: le toccava i vestiti, le scarpe, le andava sempre appresso; e sembrava, accanto alla gigantesca bambolona, una di quelle figurine disegnate a fianco di un tronco d'albero secolare per farne risaltare e misurare la grandezza.

Però Gina si accorse che Topolina, per quanto rispetto le dimostrasse, altrettanto non usava con le sue robucce: trovava sempre l'armadio in disordine, e nei cassetti, i nastri, i collarini, le cianfrusaglie, persino i bottoni, tutto frugato.

- Ohé, che facciamo? Lascia stare la mia roba, o se no lo dico alla signora padrona.

Spauracchio della signora padrona! Più grande per la servetta non poteva esisterne.

- Senti, signorina, ti giuro che non ho toccato un filo: non so neppure aprire l'armadio e i cassetti; te lo giuro sull'anima mia.

- E allora? - dice la bambocciona, propensa a credere.

- Allora, bisogna parlare piano però; te lo dico in confidenza: c'è, nelle case, in tutte le case, dei poveri e dei signori, un folletto invisibile, che si diverte a frugare le robe, a nascondere gli oggetti, ad aprire e chiudere: per far male alla gente, per metterla in sospetto e subbuglio; ammazzato sia.

- Ma va, va, va...

- Altro che va: è proprio vero. Del resto tu, signorina, hai detto l'altro giorno che credi all'angelo custode: quello che è sempre alla nostra destra. L'hai detto? È vero, sì, perché mi pare di vederlo, alla tua destra, anche in questo momento, tutto con le ali d'oro.

- Ma sta' zitta; non bestemmiare.

- Vuol dire, - concluse imperterrita la servetta, - che l'altro sta dalla parte sinistra: nero come il pipistrello.

Sarà, non sarà. La fantasia di Gina è ancora come invasa da una chiara vaporosità mattutina, quella che, in certe giornate di marzo, precede lo sfolgorare diamantino del sole già primaverile.

Leggende, favole, novelle d'amore lette di nascosto dalla mamma, confusi desiderî e rimorsi senza causa, melanconie e pazzi impeti di gioia, si confondono in un trasparente gioco del suo cervello: il cuore non è intaccato; e neppure l'appetito e il formidabile sonno delle lunghe o corte notti dell'anno suo quindicesimo di età.

Ad ogni buon fine chiuse a chiave l'armadio e i cassetti, e si convinse che il folletto non era abbastanza sfrontato da possedere chiavi false.

Ma fu la volta dello scrittoio. Ella non andava più a scuola, e ne era felice; conservava però i suoi quaderni, possedeva carta da lettere, cartoline illustrate, calendari e buste chiuse, con dentro tutti i più misteriosi segreti di Pulcinella.

Il folletto aprì le buste, richiudendole malamente con la saliva, sfogliò i quaderni, rubò qualche cartolina con la viola del pensiero, macchiò d'inchiostro il panno del piccolo pulito scrittoio.

- Senti, Caterina; se tu ti azzardi a frugare qui ancora, ti prendo, ti lego stretta come un salame, e ti faccio rimandare a casa tua.

Questo si chiamava parlare: e Caterina si spaventò più che per lo spauracchio. Tuttavia insisteva, bugiarda per indomabile natura:

- Ti giuro che non ho toccato niente. Ma se non so leggere!

E neppure questo era vero, perché le cartoline che arrivavano alla famiglia portavano le impronte delle sue dita unte: le lettere no; perché erano sempre indirizzate al padrone, e con lui non si scherzava; e poi non attiravano neppure la curiosità di Caterina. Chi poteva scrivere a un vecchio bacucco grassone, già pelato, con due paia di occhiali sul naso di patata in germoglio? Anche la signora non riceveva lettere. Fu quindi un avvenimento straordinario, un lunedì di giugno, quando Caterina, di ritorno dalla spesa, ritirò la posta, e fra alcuni giornali trovò una lettera indirizzata alla signorina Gina Martelli: proprio a lei. Busta quadrata, di quelle grigie a ghirigori che non vogliono essere eleganti ma neppure meschine; calligrafia chiara, minuta e un po' angolosa, come quella degli intellettuali o degli studenti di matematica: (giusto, ce ne stava uno al secondo piano del palazzo); scrittura da uomo, ad ogni modo; e

Caterina la sentiva dal fiuto, come il cane sente l'odore del tartufo anche se non sa che cosa è.

E Caterina non sa ancora che cosa è l'amore, ma la sua malizia va oltre questo sapere: sa che gli uomini e le donne si vogliono bene e si sposano, e ne sono tutti contenti: precisamente non sa perché; e vorrebbe istintivamente, saperlo; come appunto forse anche il cane ansioso vorrebbe sapere perché all'uomo piace il tubero scavato tra le foglie fracide del bosco. Per questo animalesco istinto, Caterina fa sparire la lettera nel saccoccino sdrucito della sua sottoveste, e non la consegna subito alla signorina. La signorina lavora, spolvera gli usci, come vuole la signora mamma, e non deve essere disturbata in questa religiosa faccenda.

Anche la ragazzina fu messa a lavorare: la casa era piccola e pulita come uno specchio, ma per la padrona era un vero castello, da lucidarsi tutti i giorni, da tener sgombro di mosche nemiche e di micidiale polvere. Ma, sfuggendo alla sua dispotica sorveglianza, le due ragazze trovavano il moco, ora l'una ora l'altra, di volare al balcone di marmo che dava sulla larga strada azzurra come un fiume, e pencolarvisi sopra, folli di giovinezza e di gioia.

Caterina, poi, con quella busta che le batteva sulla piccola coscia legnosa, sembrava una scimmietta sfuggita al laccio: avrebbe voluto arrampicarsi sui muri, correre sul tetto, aprire la lettera e godersela tutta per conto suo. Ma aveva anche paura: le sembrava che la signorina, con quei suoi grandi occhi nocciola, che sprizzavano raggi d'oro, le vedesse attraverso la sottana quel segreto scottante doppiamente colpevole: e già l'idea di mettere la lettera sul piccolo scrittoio della padroncina si affacciava al suo cervello di topo, quando sopraggiunse il padrone, con giornali, sbuffi e un irsuto involto dal quale scappò, sul marmo dell'acquaio, una aragosta ancora viva. Fu un subbuglio, una battaglia, ma anche un diversivo e, in ultimo, un divertimento.

La padrona ingaggiò lei, poiché gli altri scappavano ad ogni guizzo delle branche del crostaceo che pareva colto da epilessia, la non facile lotta. Con prudenza legò tutto intorno con uno spago i poveri arti della scabrosa vittima, e quando la ebbe ridotta all'impotenza, la buttò nell'acqua in bollore. Caterina guardava, da lontano, e si faceva rossa come l'aragosta nel suo bagno infernale; e pensava che sì, così, dev'essere l'inferno per i cattivi, per quelli che invece di rivolgersi alla destra, verso l'angelo custode, si volgono a sinistra verso il diavolo.

La padrona la scosse, ordinandole di tirar giù, dal secondo piano della credenza, il piatto speciale per il pesce: la signorina l'aiutò, anzi le fece paura togliendole la sedia di sotto i piedi e minacciando di lasciarla sospesa per aria. Ma non importa; salvo sia il piatto: ed ella saltò giù, si fece male a un piede, zoppicando cominciò ad apparecchiare la tavola. In fondo era felice: le piacevano le novità, il disordine, gli strilli della padrona e gli sbuffi beati del padrone che aiutava a sbattere la salsa per l'aragosta. Solo la signorina se ne stava silenziosa e distratta; pareva sapesse della lettera. La lettera! Caterina si tastò la sottana, e le parve di essere tutta vuota; poiché vuota era la tasca; e per quanto ella si palpasse in tutte le parti del corpo, e guardasse sotto e dentro la credenza, e poi in ogni angolo della casa, la lettera non si trovò più. Fu dapprima una disperazione paurosa, un desiderio di fuggire; poi, a poco a poco, l'astuta rassegnazione di chi sa il fatto suo. Era certo la signorina, che le aveva preso la lettera: ella preferiva credere fosse stato il folletto; e questa volta ci poteva giurare davvero; ma la signorina si guardava bene dal chiederle spiegazioni.

ORNELLO

Come una spina di pesce, dritta fra la coda e la cima di Montepetri, sale il corso Vittorio Emanuele, con le vie adiacenti intitolate ai gloriosi nomi del nostro Risorgimento: più che strada può dirsi una scalea, a larghi gradini lastricati di ciottoli; in alto, piazza Garibaldi appare sospesa sul cielo cilestrino, con una corona di alberelli sfrondati in ogni stagione dell'anno, per opera dei monelli che vi stazionano in permanenza. In ogni sfondo di vicolo sorride lo stesso cielo un po' pallido, ma dolce e tenero: le case hanno quasi tutte portoni medievali, con chiodi e stemmi e rimasugli di architravi austere: e quasi davanti a ciascuna di queste nobili abitazioni sta legato un ciuco, o una mula che sembra quella della fuga in Egitto; e anche un cavallo. La strada è così stretta che queste pacifiche bestie possono sbattersi le code con vicendevole amicizia: i rivoletti dei loro bisogni corrono giù per una parvenza di cunetta, mescolandosi, in fondo, con lo scolo oleoso di un frantoio per olive; e l'aria buona di montagna mette pace in ogni cosa.

Tutto, qui, è, o sembra, pace: gli animali e gli uomini si vogliono bene e vivono della stessa vita: una vecchia fila su una scaletta esterna, con una gallina bianca appollaiata sulla spalla, mentre ai suoi piedi un orfano porcellino da latte, nudo e roseo come devono essere quelli degli ovili celesti, succhia il latte da una capra barbuta nei cui grandi occhi di vetro si riflette l'azzurro della vetta.

In cima, con la facciata sulla piazza e il fianco incastrato in un blocco ciclopico di precipizio che sembra per sé stesso una torre inespugnabile, sorge il castello, o meglio la rocca, o meglio ancora il groviglio di antri, androni, sotterranei, stalle e caverne dove vivono due fratelli testoni ciociari che pretendono di essere i discendenti dei signori del luogo. E potrebbero pretendere di essere anche i più puri discendenti degli Ernici, tanto le loro persone sono ruvide e forti, e le teste nere coperte di riccioli con le punte rossicce come bruciacchiate dalla vampa gelida dell'aquilone.

Forza, vigoria, anche buon umore quanto ne volevano; ma quattrini pochi: e quindi escogitavano tutti i mezzi per farne, tanto più che avevano moglie, figli, sorelle e vecchie da mantenere; tutti appollaiati nelle nicchie della rocca come cornacchie felici.

Le famiglie erano però separate, e lo spazio tanto che le donne non avevano modo di incontrarsi e litigare; eppure una sorda gelosia li rodeva, anche i fanciulli, perché se il fratello maggiore, dal bel nome di Florindo, era più svelto e fortunato negli affari, il più giovane, Angioletto, aveva figli più sani e più belli: e questi avevano la meglio, quando nelle sere di estate scendevano in lizza, armati di canne e di sassolini, nella piazzetta pietrosa che era come uno spalto sopra la grande valle solitaria, massacrando di botte i cugini gobbi e rachitici, che a loro volta si vendicavano sugli alberelli intorno al parapetto, strappandone le fronde già tanto afflitte sul cielo rosso e dolce della sera.

Le donne non intervenivano, occupate a preparare il pasto per i loro uomini, negli antri dalle cui porticine uscivan il fumo e l'odore dei fagiuoli cotti col lardo. Il primo a tornare era sempre Angioletto, col suo cavallo nero e tozzo che pareva un mulo, attaccato a un biroccino azzurro e rosso sul quale egli portava certi sacchi ricolmi non si sa di che cosa. Era la merce dalla quale traeva scarsi guadagni; ad ogni modo da vivere ce n'era sempre, e i ragazzi vittoriosi correvano a lui con grida belluine, come se egli tornasse da grandi imprese, lo aiutavano a slegare il cavallo e rimettere il biroccino nella stalla cavernosa; e infine sedevano con lui intorno alla pentola ancora in bollore come leprotti ai quali il padre ha procurato il cibo. Gli altri, invece, arrampicati sul cielo cremisi, sembravano piuttosto scimmie; e quando il padre arrivava, con calma, sul suo bellissimo cavallo bigio, dalla testa fina e gli occhi che riflettevano il crepuscolo luminoso, non si disturbavano a scendere dal parapetto, tanto loro avevano già mangiato, poiché in casa loro nulla mai mancava; ed egli smontava agile ma nello stesso tempo dritto e duro, come se i suoi pantaloni di pelle e il corpetto a maglia fossero di acciaio, rimetteva il cavallo, lo accarezzava tutto, assicurandosi che non era sudato, gli riempiva la mangiatoia, e lasciava la porta spalancata perché la bestia potesse mangiare alla luce ultima del giorno. Allora il mite Ornello si scuoteva tutto, e la sua criniera e la coda, con le punte dorate come i riccioli del padrone, parevano i capelli che una donna si scioglie prima di andare a letto; volgeva la testa verso i bambini, quasi per assicurarsi che c'erano tutti, e infine nitriva. Era il suo saluto alla famiglia, alla giornata che finiva tranquilla, alla notte che cominciava serena.

E il sor Florindo portava dei buoni soldi a casa: faceva il sensale, di prodotti agricoli e di vino, e non mancava mai di render conto di tutto alla moglie. Eppure la moglie non era contenta: piantata sulle sue cioce come un ponte fra due chiatte di cemento, brontolava contro il marito che tornava tardi, e ne dava la colpa al cavallo. È delicato come una signorina, il tuo Ornello; e tu gli vuoi bene e lo vizi quasi fosse il tuo primogenito. Sì, va anche a dargli da bere il marsala: ubbriacone lo è pari tuo. E per questo tornate tardi; mentre tuo fratello, col suo bravo cavallo, è già a casa da un'ora.

Egli la lasciava dire, forse perché in fondo riconosceva ch'ella diceva la verità.

Ed ecco un giorno Florindo e Ornello si fermano all'osteria dei Tre Curati, giù ai piedi del monte, felici entrambi del buon viaggio già quasi compiuto. Gli affari sono andati bene; la salute è ottima, la giornata di ottobre già freschina e ventilata. Il padrone pensa che può permettersi di bere un mezzo litro, di quello buono, tanto più che per lui mezzo litro è come un bicchierino di rosolio per una signora.

L'oste era un suo amicone; e, poiché l'osteria campestre era già quasi deserta, venne a sedersi al tavolo, in fondo al cortile, accanto al quale stava legato il cavallo. E del cavallo si cominciò a parlare, mentre, oltre al mezzo litro di quello buono, l'oste ridanciano ne offriva un altro mezzo litro ancora più buono. L'aria ne era tutta profumata, anche perché nella cantina bollivano le botti del mosto, e sulle pendici dei colli le vigne ancora non vendemmiate odoravano al fresco del tramonto. Dice l'oste:

- Mi sembra dimagrito, il tuo Ornello: e ha l'occhio spento.

- Ha una passione. È geloso.

- Eh, sì, lo so: i cavalli buoni soffrono come i cristiani: si affezionano, hanno amici e nemici, sono gelosi e invidiosi: proprio come noi.

- Mia moglie, non so perché, non lo può vedere: non lo maltratta, perché altrimenti lei ne piglierebbe da me un sacco e una sporta, ma ne parla male, e gli contrappone quel ronzino del cavallo di mio fratello. E la bestia capisce; si accora, è gelosa dell'altro, dimagrisce. Sì, a volte le bestie sono più brave di noi.

Ornello allungava la testa, melanconico: pareva ascoltasse.

- E dàgli da bere, - consigliò l'oste, - vedrai che riprende coraggio.

L'altro, già allegrotto, si alzò, versò in una ciotola un fondo di bottiglia e lo porse al cavallo: e il cavallo bevette e si scosse tutto con un brivido giovanile.

- Hai visto, compare? Adesso offro io: però, dopo, non bisogna sforzarlo.

E, come due ragazzi, l'oste e l'amico si divertirono a ubbriacare il cavallo.

Il cavallo adesso è felice: sente di nuovo la gioia di vivere, e il suo nitrito vibra come una risata di donna. Anche il padrone è contento e naviga in un'atmosfera rosea: vorrebbe allentare la briglia al suo palpitante compagno, ma ricorda l'avvertenza dell'oste, di tenerlo a freno. E vanno su, di buon accordo, per la strada grande che tutta bianca, fra campi verdi e coste, dove ancora le ginestre fiorite danno alle rocce un colore di sole, e il bagliore di un lago sotto l'orizzonte perlato, pare salga al paradiso. D'un tratto però Ornello s'impennò: parve sollevarsi per veder meglio in alto: in alto, in vetta alla strada, quasi vicino al paese, trottava svelto il suo rivale, tirando il biroccino col suo carico misterioso. Nel grande silenzio si sentiva il sonaglio che lasciava come una scia d'argento.

Un attimo; e il sor Florindo fu più padrone né di sé né del cavallo: gli parve che un turbine lo portasse via; le sue grida fecero fermare il fratello, cosa che diede agio a Ornello di sorpassare il biroccino, entrare nel glorioso Corso del paese e fermarsi trionfante sulla piazza come un monumento di lucido bronzo. Sì, ma tre giorni dopo era morto, di polmonite fulminante.

SOTTO IL PINO

La località prendeva nome da questo pino solitario, superstite forse di antichissime foreste che neppure la tradizione ricordava: tanto più straordinario, oltre che per la sua grande altezza e il volume dei suoi rami potenti, per la sua quasi miracolosa vita in quell'estensione di pianure onduleggianti quasi selvagge ed aride, prive di ogni altra vegetazione. Vi allignavano solo i fichi, bassi, tozzi, grossi, con certi tronchi e rami biancastri che parevano membra di giganti storpi ripiegati sulla loro sconfitta: e anche la vite, che un volonteroso agricoltore aveva tentato di piantare su certe distese volte ad oriente verso le lontananze dei monti, ma che dava un vinetto chiaro, aspro, stentato. Eppure venne un uomo d'oltre mare, e credo fosse un coatto, condannato per non so quale colpa che doveva essere involontaria, perché bastava guardarlo negli occhi celesti attoniti in un viso pallido e liscio come quello di una donna, per aver fiducia in lui. Ed in lui ebbe piena fiducia il buon agricoltore che aveva coraggiosamente piantato la vigna nella desolata landa, appena l'uomo si presentò per chiedere lavoro.

- Va nella località detta *Il pino*, e guarda se c'è qualche cosa da fare.

L'uomo andò: tornò che sembrava un altro, con gli occhi che pareva avessero preso un po' dell'azzurro vivido e scintillante sopra il pino. Disse:

- Tutto c'è da fare: poiché c'è un tesoro nascosto fra le pietre sotto la muriccia di cinta.

E come l'altro lo guardava come si guardano gli idioti, aggiunse:

- C'è l'acqua.

Si chiamava Arcangelo. E come un arcangelo, a poco a poco egli mutò il luogo in un piccolo paradiso terrestre. Scavò fra le pietre, fece una vasca ove l'acqua si raccoglieva lentamente, sì, ma bastevole per alimentare un orto che egli piantò coi quadrati bordati di fiori. Cose mai vedute. Quando si andò a vederle, fu una festa, per noi fanciulle, selvatiche, sì, come il luogo prima che arrivasse Arcangelo, ma anche con naturali disposizioni ad essere, come il luogo, ingentilite e coltivate. E l'anima nostra rassomigliava al pino, altissimo e amico del cielo, delle nuvole, degli uccelli, dei colori orientali dell'orizzonte: il pino che sovrastava ogni cosa intorno, e pareva più alto dei monti lontani, e viveva per conto suo, sopra la piccola eppure grande fatica dell'uomo esiliato, senza badare ai cavoli e ai fiori; solo e potente con le sue calme, i suoi mormorii, le sue rabbie oceaniche quando lottava contro i venti e ne vinceva il rumore.

Venne un giorno in cui Arcangelo scontò la sua condanna: ma quando gli fu domandato se ripartiva, si sollevò sulla fedele vanga e disse, accennando il pino:

- Se mi sarà permesso costruirò là sotto una tettoia per passarci la notte, adesso che non dovrò più tutte le sere presentarmi alla polizia e chiudermi in uno stambugio vigilato dalla ronda: questa sarà la mia partenza.

Gli fu dato il permesso di costruire la tettoia: le pietre non mancavano; mancava il legname: e del pino non si doveva toccare una fronda: ma egli fabbricò mattoni e tegole, col fango impastato e cotto da lui con un suo speciale segreto; e andò lontano in cerca di canne, e di giunchi, coi quali, intessute solide stuoie, ricoprì il tetto della primitiva costruzione.

Un giorno, in ottobre, si andò a vedere questa nuova meraviglia. E meraviglia era, per averla fabbricata con le sue sole mani e l'aiuto della natura, un uomo debole, già quasi vecchio, che si nutriva di sole erbe come un eremita. Non una tettoia, ma una vera casa egli aveva costruito: due camere, con finestre, porte, focolare, giaciglio, sedili. Di sedili aveva provveduto anche lo spiazzo davanti rinforzato da una cintura di sassi nelle cui incavature aveva piantato, come in vasi naturali, piantine di rose selvatiche e felci e prunalbi. Anche intorno al pino si ripeteva la stessa decorazione; e sul rialto rotondo cresceva l'erba, e in mezzo all'erba e agli aghi dorati che cadevano dalla pianta, pareva si posassero strani uccelli, alcuni con le ali verdognole chiuse, altri con le ali scure aperte; erano le pigne, che egli aveva lasciato sul posto per miglior sorpresa e gioia delle sue piccole padrone. Fu dunque una nuova festa; tanto più che sui fichi protervi c'era ancora qualche frutto, la cui polpa granulosa ricordava il sapore del tamarindo, e nella vigna da poco vendemmiata, maturava qualche tardivo grappolino che pareva d'uva spina. La giornata era calda, fin troppo calda, e d'un tratto una nuvola nera venata di rosso stese dietro il pino uno sfondo apocalittico. Si levò il vento, caddero le pigne, e di alcune già spaccate, coi pignuoli vennero giù, in fraterna allegria, grossi goccioloni e chicchi di grandine. Per le fanciulle e i bambini la festa poteva essere completa; e, infatti, sullo spiazzo sotto il pino fu subito intrecciata una danza come di lepri alla luna: salti, sberleffi, spintoni, agili ripiegamenti e gridi di gioia e per un po' l'albero parve compiacersene, dalla sua altezza gigantesca, come un avo protettore si gode i giuochi dei pronipoti; ma poi, d'improvviso, parve ricordarsi la sua austera dignità: e i suoi rami si contorsero, come invasi da innumerevoli biscie, e sibilarono, frustandosi col vento che anch'esso, quasi profittando malignamente della prima distrazione dell'albero, s'era fatto di una violenza inaudita.

Ci si salvò a stento nella casetta, e Arcangelo, pallido e spaventato, accese il fuoco per asciugare i nostri vestiti. Per fortuna l'acquazzone veniva da nord, batteva contro il pino e contro il muro posteriore della casa, scorrendo poi ai lati del rialto, in due scanalature che il previdente colono aveva scavate l'inverno prima: in breve l'ortaglia fu allagata, fece una cosa sola con la vasca, e il rumore dell'albero e del vento diedero l'impressione di una burrasca marina.

Bisogna dire che una certa tremarella cominciò ad impossessarsi anche delle più coraggiose di noi: e il contegno incerto e spaurito di Arcangelo non era adatto a dissipare il terrore del momento; tanto più che egli non voleva aprire la seconda stanzetta del rifugio, con la scusa di aver perduto la chiave. Che cosa nascondeva egli nella seconda stanzetta? Forse un malvivente, di quelli che non mancavano di bazzicare nei luoghi, come quello, poco frequentati; o magari una donna?

Nonostante tutte le prove di attaccamento e di fedeltà di cui egli era già stato prodigo, un certo alone di sospetto rimaneva intorno a lui: l'uomo non si libera mai completamente dell'ombra di una colpa commessa; e la sua era tanto più indimenticabile quanto meno conosciuta. E poi quella voce implacabile del pino, che pareva raccontasse tante cose terribili e accusasse non solo l'uomo pallido venuto di lontano a turbare la sua solitudine, ma anche noi, piccole creature irrequiete, che lo si molestava con la nostra presenza. Ben vi sta, ben vi sta, bambine insolenti, che avete lasciato sola a casa la mamma, la quale adesso vi piange come in pericolo di vita; così imparerete a non venirmi oltre a rovinare la corteccia coi vostri temperini, od a spogliare il praticello dei miei pignoli.

Accovacciate intorno a una fiammata che Arcangelo alimentava con manciate di aghi secchi del pino, si ascoltava la voce minacciosa; e sembrava che l'acqua salisse, salisse, su dall'orto allo spiazzo, e a momenti penetrasse nel rifugio, per annegarci tutti.

E da mangiare? Arcangelo non aveva che un po' di pane d'orzo e di patate: qualche cosa si poteva ancora andare a prendere nell'orto, ma con quel diluvio? Eppure un certo senso di sollievo, se non di allegria, rischiarò i piccoli cuori smarriti, quando la donna che ci accompagnava, scuotendosi tutta come passera che va in cerca di cibo per i suoi uccellini, trovò un po' di farina e sull'asse che serviva di tavola ad Arcangelo la impastò e fece una focaccia: e spazzò la pietra sulla quale ardeva il fuoco, e ce la mise su, rotonda e pura come una grande ostia. La focaccia cominciava a gonfiarsi, quasi per rallegrarci e soprattutto distrarci con le sue smorfie, quando si sentì nella strada, fra il rombo del temporale, uno squillo di sonagli, che ci sembrò uno scampanìo della notte di Natale.

- È nostro padre, col carrozzino.

Era lui; e davvero che la sua presenza, come quella del padre celeste, parve sedare la tempesta; anche il pino si placò, brontolando, sì, ma con soggezione affettuosa. Tale era l'uomo che arrivava, che anche le cose e gli elementi sentivano l'influsso della sua bontà.

Allora Arcangelo aprì la seconda stanzetta: non dovevano esistere misteri per il suo benefattore. E in un angolo si vide una cesta; e dentro la cesta c'era una lepre coi suoi leprottini, tutti con le orecchie dritte come germogli dorati, tutti con gli occhi aperti come quelli dei bambini insonni.

IL GALLO

Adesso che gli hanno tirato il collo, si può parlare, di questo gallo, senza odio e senza disprezzo! Per un mese buono, e il più bello e santo dell'anno, il mese di maggio, il mese di Maria incoronata di rose, l'ardente volatile fu il terrore, il palpito, la passione di tutto un quartiere cittadino abitato da persone di valore e di ingegno: e se non generò la strage della famosa gallina della novella di Tolstoi è perché appunto i fatti si svolsero in una zona di intellettualità civilissima e, diciamo pure, di spregiudicatezza stracittadina.

I fatti sono questi (e un giorno forse saranno, con documenti alla mano, rievocati da qualche spulciatore di piccole ma pittoresche cronache antiche).

In un villino di un quartiere nuovo di zecca, e quindi ancora guarnito di fette di orti, di angoli campestri, di siepi di sambuco, viveva una signora malaticcia: i suoi malanni erano forse alquanto immaginarî, come quelli della gente che ha poche preoccupazioni; ad ogni modo, dopo una giornata di fantastiche sofferenze, alla notte essa aveva assoluto bisogno di dormire. Ed ecco una notte, verso le due, un canto di gallo la sveglia quasi di soprassalto. Ma è un canto straordinario, potente, mai sentito: sembra la voce di un uomo, e di un uomo in gamba, nerboruto, che non conosce legge né disciplina. La signora prova quasi un senso di sgomento. Per chi canta il gallo terribile, a quell'ora? Non certo per le galline, che dormono ancora, e che, del resto, ne devono avere abbastanza di lui e del suo sultanesco dominio, durante la giornata: non canta neppure per sé stesso, perché sa la sua potenza e non gli importa di essere vanitoso: e tanto meno per l'altro gallo, lontano, che gli risponde per dovere, assonnato e flebile come l'eco di una caverna: per chi, dunque? Sembra lo squillo di una tromba che desta i morti per il Giudizio Universale, con tutta la loro coscienza di peccatori: e la signora, al terzo canto dell'infernale araldo, ebbe quasi voglia di piangere. Ricordava la profezia di Gesù, la serva nel cortile di Caifa, e San Pietro, San Pietro, il fondatore della Chiesa, che rinnegava il suo Maestro.

E adesso che il gallo ha cantato tre volte, nella notte cristallina di maggio, voltiamoci nel grande letto ancora deliziosamente freschino; e riprendiamo a navigare sulle acque azzurre dell'oblio. Ma che! Il canto si ripete, a intervalli brevissimi; anzi si rinforza, batte davvero gli echi più lontani, spaventa persino i cani da guardia. Altro che ordinato e spicciativo Giudizio Universale: sembra la sveglia di un bivacco di guerrieri barbari: alzatevi, stringete la cintura, e rallegratevi: ché oggi c'è da mordere il fegato del nemico.

Chi non si rallegrava era la signora: tutti i suoi malanni l'aggredivano di nuovo, come quell'oste crudele, pungendola con le loro freccie avvelenate. Volta, rivolta, le tenere lenzuola di lino si cambiarono in tela d'ortica; all'alba ella vedeva rosso, in cielo e in terra: sangue e fuoco; e vedeva un capo-tribù di pellirosse, piumato e cannibale, che invitava il suo seguito a un banchetto di carne umana. Era il gallo.

- Se un'altra notte si ripete la stessa cosa me ne vado in una casa di salute; o ricorro a un avvocato.

- Senta, - consiglia la vecchia saggia domestica, - ricorra all'avvocato; è meglio: al suo bravo avvocato, che sta qui accanto; lo vedo tutte le mattine, che corre con una borsa come debba sempre partire.

- Aspettiamo un'altra notte.

Un'altra notte d'inferno; all'alba la signora si alza come una morta risuscitata, negli occhi la verde luce della follìa. Partire, fuggire, emigrare; introdurre una volpe nel pollaio; o ricorrere all'avvocato. La serva, suggestionata, ha pure lei sentito la tromba incessante del gallo, e vede la sua antica saggezza liquefarsi come il burro nelle sue casseruole. Però dice:

- Senta, non sarebbe bene pregare quei signori che hanno il pollaio, di chiudere il gallo? Un piacere ai vicini non si nega mai, fra gente educata.

- Proviamo un po'.

La buona donna prova: torna disfatta.

- Senta, la colpa è tutta della loro serva: è una prepotente, e mi ha risposto male. Il gallo è di razza; le galline fanno, adesso, molte uova grosse e anche col doppio torlo.

E qui la buona donna pronunziò, all'indirizzo della serva del pollaio, una sequela d'ingiurie e insinuazioni impossibili a ripetersi fra "gente educata".

Non restava che consultare l'avvocato, che non domandava di meglio. E quando egli sentì di che razza di causa si trattava, non si scompose: gli articoli della legge erano lì, pronti, fra le sue dita agili e bianche, come i fili di una rete che pesca le più introvabili marachelle umane: leggi di pubblica sicurezza, di pubblica quiete, di vivere civile. Anche lui però è del parere che prima bisogna tentare con le buone, di fare appello alla cortesia dei vicini. «Lasci fare a me, signora: vedrà che questa notte riposa».

Quella notte il gallo cominciò a cantare a un'ora: e pareva si beffasse della signora, della serva, dell'avvocato, dell'universo intero: persino le stelle, sul fresco cielo di giada, tremavano di rabbia.

Torna l'avvocato: la malattia gli si era attaccata come il morbillo; e infatti egli aveva una specie di prurito nascosto, un principio di febbre.

- Ma non sa che né io, né i miei fratelli abbiamo chiuso occhio tutta la notte? E da noi il maledetto bestione si sente più forte che qui. E dire che ieri la padrona stessa ha promesso al mio fattorino di chiudere il gallo: ma adesso tocca a noi. Ecco il ricorso, in carta da bollo da lire tre: e fatto bene, con arte: me lo ha riveduto, anzi, fra il burlesco e l'impegnato, poiché anche lui questa notte non ha dormito, mio fratello Gioele. Senta - poi firmerà - è un capolavoro di arguzia e di stile.

Ella ascolta, e respira un'atmosfera di epopea. Poiché il signor Gioele è uno dei più celebri scrittori lirici moderni.

Ma ne passarono, di notti tormentose, prima che la legge, la quale è necessario proceda con la stessa calma lentezza della giustizia divina, desse respiro agli abitanti del quartiere. Poiché l'epidemia si era rapidamente diffusa, un po' anche per raffinata vendetta della vecchia domestica, che metteva in avviso tutti i rivenditori e le persone di servizio; un po' perché, nel bar del quartiere, si rideva e si scherzava - ma non tanto - della faccenda. Si erano persino formati due partiti, avversi e contrarî, e qualche litigio ne nasceva. Ma alla notte tutti sentivano il gallo diabolico; le finestre si aprivano, i *moccoli* facevano accordo col tremolìo degli astri. È vero che cominciavano le notti calde e nervose: e anche l'insonnia di quelli ai quali il giorno dopo scadeva una cambiale veniva incolpata al gallo fecondo.

Finalmente una notte, - la luna nuova guardava col suo occhio di casta pietà le rose che si lasciavano impuramente succhiare il cuore dai maggiolini, - il gallo fu chiuso in un reparto coperto del pollaio: si sentiva egualmente, è vero, ma la sua voce era quasi musicale, piacevole a udirsi come il canto represso, monodico, nostalgico, di un esiliato: oltre i monti, oltre i fiumi e le torri della patria perduta; cose belle, antiche verità diceva, lamentandosi della crudeltà della sorte, della prepotenza del forte contro il debole, del dolore che incombe su tutte le creature di Dio. E si rivolgeva a Dio, adesso, col canto religioso del guerriero vinto e dissanguato: «Dio, se la mia vita è questa, riprenditela: te la offro con gioia, come offro il fiore purpureo della mia cresta alla cattiva serva che se la mangerà di nascosto, e offro l'onda gloriosa e volante delle mie piume lunghe nate dall'iride, ai pennacchi dei nostri divini bersaglieri. Amen».

La signora, nel suo letto tornato dolce come una spiaggia marina dopo la tempesta, lo sentiva e ne provava sincera, umana pietà: e le veniva persino cristianamente da piangere; ma si tratteneva, per paura che le sue lagrime avessero il sapore di quelle del coccodrillo. Chi non si placava era l'avvocato: aveva perduto una sfumatura del suo prestigio col non essere riuscito completamente nel suo intento, e non tollerava la beffa pungente, per quanto elegantissima, del suo collaboratore nel ricorso su carta bollata da lire tre; e allora si creò una procedura tutta sua: andò dalla padrona del pollaio e le disse che se non tirava entro quel giorno il collo al gallo glielo avrebbe tirato lui a lei. Così giustizia, o ingiustizia, fu fatta.

IL SIGNORE DELLA PENSIONE

Si rassomigliavano solo nella magrezza e nella cattiveria, i due piccoli fratelli, uno rossiccio e lentigginoso, l'altro simile a un malese, panciuto, tatuato dalle frustate e dai graffi paterni, materni e fraterni.

D'altronde la loro vita, dal giugno all'ottobre, un po' barbara e animalesca lo era di certo: chiusi in un cortiletto recinto da uno stecconato più inflessibile di un muro, dovevano tutto il giorno star lì a ringhiare, lottare, far esplodere in qualche modo la loro prepotente voglia di muoversi, di scavare il tempo. Sul cortiletto davano la cucina e la dispensa della pensione, della quale erano proprietari i loro genitori: quindi, da considerarsi un fatto naturale che i due ragazzi non dovessero inoltrarsi negli ambienti interni, per non disturbare con la loro presenza sgradita e chiassosa i signori villeggianti.

Ma un giorno Romolo disse a Remo:

- In cucina non c'è nessuno e l'uscio della sala da pranzo è aperto: anche lì non c'è nessuno - parlava sottovoce, con accento di mistero, quasi di spavento.

Tanto per fare qualche cosa, il fratello gli diede uno spintone, poi andò ad esplorare per conto suo. Era vero: la cucina, tutta in disordine, puzzava d'aglio soffritto, di caffè, di lisciva: nella grande sala da pranzo, con le persiane socchiuse inghirlandate di roselline rampicanti, tutto invece era lucido e quieto: sulle tavole coperte di doppie tovaglie damascate i vasetti di metallo con gerani freschi parevano candelabri accesi, mentre sulla mensola di mezzo della grande credenza una fila arcuata di bottiglie e bottigliette di liquori dava, per i suoi colori trasparenti, l'idea dell'arcobaleno.

Tutte queste cose, però, interessavano solo fino a un certo punto il bruno Remo, e il rosso Romoletto che lo seguiva silenzioso e guardingo, trattenendo il respiro. Quello che a loro premeva era la vetrata della sala, socchiusa sulla bella veranda che dava sul giardino: la spinsero, quasi senza toccarla, vi sporsero la testa. Pareva un sogno: veranda e giardino deserti: e in fondo al viale d'ingresso, fra due file di ortensie di seta lilla, il cancello rosso socchiuso. Non pareva: era proprio un sogno. Di volo Romoletto sorpassò il fratellino un po' incerto e fu nella strada bianca e nera di polvere e d'ombre d'alberi: d'impeto Remo lo seguì come un cagnolino ansante e quasi senza accorgersene furono nel vicino bosco: bosco umidiccio e verdone, di secolari castagni, di cui ogni esemplare aveva una famiglia di tronchi mostruosi: nonni, genitori, rampolli, tutti cariati, con buche entro le quali i monelli avevano cacciato pietre, carta sudicia, stracci e varie altre cose. Eppure erano questi ripostigli, più che gli sfondi azzurri del bosco e le vette dei castagni, alcuni dei quali avevano la grandiosa maestà di cupole di cattedrali, che attiravano la curiosità vibrante dei due ragazzi. Ce n'erano tante, e ciascuno poteva a suo agio ficcarci dentro la mano o magari la testa: invece no: appena Romolo cominciò ad esplorarne una, Remo lo respinse, lo sopraffece, si impossessò esclusivamente lui della buca.

- Ti ci caccio dentro la testa, in modo che non potrai levarcela più - disse l'altro, scuotendolo con furore. Subito però si calmarono; poiché nel sentiero si avanzava un uomo vestito di nero, con un berretto a visiera e una grande barba grigia; pareva il padrone del bosco. Essi lo conoscevano bene, ed anche lui li conosceva altrettanto. Era un'antica guardia campestre, adesso in pensione, che non avendo altro da fare continuava per conto suo a ispezionare il castagneto, perseguitando i monelli e le coppie amorose che lo frequentavano.

- Che fate qui? - domandò con voce minacciosa.

- Siamo qui... siamo qui... col permesso della mamma.

- Già, - brontolò il vecchio ricordando, - vi avranno levato di fra i piedi. Ho sentito dire che alla pensione c'è un morto.

Il maggiore dei fratelli spalancò gli occhi; l'altro invece colse la palla al balzo e disse:

- Sì, è morto quel signore grosso e rosso, arrivato avantieri: ha mangiato troppo, perciò tutti sono corsi a vederlo. Allora la mamma ha detto: andate nel bosco, finché non lo portano via.

- Oh, per questo ci sarà da aspettare un bel po'. Ad ogni modo non vi allontanate di qui: altrimenti l'avrete da fare con me - disse il presunto padrone del bosco.

Ed essi ben si guardarono dal lasciare le vicinanze della buca contesa: ma non più questa li

55

attirava con i suoi segreti umili e neri; altra era adesso la profondità cavernosa alla quale pensavano. D'un tratto ammansiti, anzi liberati della loro protervia, sedettero sull'orlo terroso del sentiero, e Romolo disse:

- Morto? Quel signore che ieri ha mangiato tanto?

Convinto di aver detto la verità l'altro aggiunse qualche particolare.

- Sì, è morto di un male che viene agli uomini grassi, quando mangiano e bevono troppo. Gli si chiude il cuore e non possono più respirare; quel signore ieri ha mangiato tre porzioni di spaghetti, poi l'arrosto, poi tanto formaggio. E brontolava ancora, in modo che la mamma ha questionato col babbo: gli ha detto: «Ma se quello continua così, bisogna fargli pagare il doppio». Il babbo rispose: «E lascia fare; per quello che paga può mangiare anche così». Ma la mamma, sdegnata, diceva: «Già, tu parli sempre in questo modo perché la pensione non è tua. La pensione è mia, e anche tu ci stai a scrocco, tutto il giorno senza far nulla». Il babbo ha risposto male; si è infuriato, ha battuto i pugni sulla tavola. Anche lui era rosso rosso, come quel signore; e, come fanno spesso, ma con più forza, il babbo e la mamma hanno litigato.

- Morto! - ripeteva l'altro, senza badare troppo alle parole del fratello. - Ma come si fa a morire così? Si chiudono gli occhi, non si respira più. Io non ho mai veduto un morto.

- Si fa così. Si chiudono gli occhi, non si respira più - confermò il fratello: si stese sul terriccio coperto di foglie fracide, chiuse gli occhi, trattenne il respiro. Era pallido, anzi verdognolo, e il fratello lo tirò su, credendolo morto davvero. E stettero fermi, con le ginocchia strette fra le braccia, aspettando con ansia segreta che qualche cosa di nuovo avvenisse. Avevano soprattutto paura del vecchio ex-guardiano: eppure lo aspettavano, poiché l'avevano veduto dirigersi verso la loro casa, e da lui avrebbero appreso altri particolari sul signore morto: e questo signore morto, la cui spoglia avrebbe certo passato la notte nella pensione, destava in entrambi un folle terrore. Durante la notte, anche quando tutta l'allegra gente dell'albergo dormiva tranquilla essi avevano paura dei fantasmi: figurarsi adesso, che c'era un morto vero, sebbene grasso e col ventre pieno.

Di tanto in tanto sospiravano, e più il tempo passava, meno se la sentivano di tornare a casa. E nessuno passava; nessuno a cui aggrapparsi e domandare notizie, pareva che tutti fossero morti, quel giorno: solo essi vivevano, smarriti nel bosco, sul limite del quale s'intravedeva tuttavia il bianco delle case, e fra queste anche la loro. E la mamma che li aspettava, con la canna d'India in mano per accarezzare le loro spalle, e il babbo che sarebbe venuto a cercarli vociando! «Oh, ben venga il babbo!» col suo vociare sempre irato, ben venga pure la mamma, con la canna d'India; tutto era preferibile a quest'attesa paurosa. Sospirarono. E fu un sospiro di sollievo quello che accolse la ricomparsa del vecchio col berretto a visiera. Egli scendeva lento il sentiero: il berretto se lo era tolto, e il suo cranio rosseggiava come un frutto alla luce del tramonto. Arrivato davanti ai due fratelli li fissò come vedesse in loro due figure straordinarie: poi disse sottovoce:

- Andiamo -. E li prese per mano, li ricondusse alla loro casa. Là essi ebbero la spiegazione di tutte quelle cose strane: poiché il morto era il loro babbo.

IL CEDRO DEL LIBANO

In quel tempo la campagna, l'antica campagna romana, arrivava fino al nostro recinto. Pini e grandi platani si allineavano sul ciglione rotto per gli scavi del nuovo quartiere, e le pecore si affacciavano fra le alte erbe e le canne che gemevano al vento come un organo naturale. La casa, ancora odorosa di vernice e di calce, sorgeva nuda in mezzo al prato scavato e pieno di pietre e di cocci: le voci risonavano nelle sue stanze come nei luoghi disabitati. Durante tutta la giornata permaneva uno stupore, una frescura di alba; e il rumore della città arrivava come quello del mare in lontananza. E quando si andava in questa città, i vetturini non volevano riaccompagnarci a casa, specialmente di notte, come si trattasse di arrivare in un luogo impervio e remoto. E in verità si sentivano cantare le civette e l'assiolo. Così si prese l'abitudine di stare in casa: si rividero sopra il nostro esilio le stelle dimenticate, la luna, il corso delle nuvole. Ci si ripiegò a guardare il colore della terra, delle erbe, delle pietre.

Un giorno, scavando nel nostro ancora desolato recinto, fu rinvenuto, fra altri avanzi appartenenti certo a un'antica necropoli, un teschio umano. Intatto e perfetto, era, come levigato da un artista; con tutti i denti, il cranio lucente come d'avorio. Nella terra che c'era dentro formicolava la vita della natura: dalle occhiaie, come piccoli raggi, scappavano alcuni fili argentei di radici. Lo feci riseppellire, osservando poi quello che poteva nascervi sopra: ma passarono le stagioni, e solo qualche filo d'erba spuntò sul posto che nascondeva il teschio.

In autunno, però, al ritorno dalla vera campagna, una lieta sorpresa ci attendeva. Un piccolo cedro del Libano sorgeva come un verde candelabro sul posto delle mie cure: (prima di partire avevo piantato una specie di croce sul terreno che mi sembrava sacro). Si era la croce trasformata per miracolo in un cedro, o l'albero sorgeva, per miracolo ancor più grande, dalle radici del teschio? Ma dopo essere stata presa un bel po' in giro dai familiari, per queste elegiache supposizioni, venni a sapere che una signora nostra amica, padrona di un ben fornito giardino, presa a compassione per la povertà del nostro, aveva fatto trasportare e trapiantare un suo piccolo cedro, senza rispettare né la croce né il teschio.

E sulle prime, anzi, per un certo periodo di tempo, guardai con cattivo occhio l'intruso: preferivo la famiglia di margherite che vi nacque sotto, la primavera seguente, sull'erba già diventata un po' più spessa e tenace.

All'albero non importava nulla delle nostre attenzioni. «Basta, - aveva detto il giardiniere della signora donatrice, venuto a visitare la giovine pianta, - basta che non gli si stronchi l'estrema cima. Per il resto fa da sé. È una pianta che dura migliaia di anni. Anzi è precisamente al suo centesimo anno di età che fiorisce per la prima volta. Io non conosco questo fiore: non ne ho mai visti: ma deve essere bello e grande come una bandiera azzurra. Dicono che sulle colline di Gerusalemme, ancora esiste un cedro sotto il quale andava Gesù coi suoi discepoli, nelle notti lunari di estate: speriamo che anche questo campi altrettanto: e che i nipoti dei suoi nipoti, signora, lo conoscano in buona salute».

In buona salute, intanto, lo conoscevano per primi i nostri bambini, che vi giocavano attorno, e crescevano con lui. E come il tempo passa! Ecco, l'albero pare non abbia veramente molta voglia di crescere: s'indugia, quasi ad aspettare che i ragazzi lo raggiungano almeno fino all'altezza del tronco, e abbiano modo di giocare con lui attaccandosi ai suoi rami per fare l'altalena. Ma lavora di nascosto: se si scrosta un po' la terra, ai suoi piedi, si vedono le radici già grosse più degli stessi rami; e vanno in profondità, queste radici, prendendo possesso di tutto il terreno intorno. E si diverte a lavorare anche quando non è quotidianamente sorvegliato; poiché ogni anno, al ritorno dalla villeggiatura, i ragazzi osservano che il loro amico è cresciuto al doppio di loro; è diventato il loro fratello maggiore, e adesso bisogna fare un grande salto per arrivare ai suoi rami; e poi non ci si arriva più, e se si vuole abbracciarlo o averne dimestichezza bisogna arrampicarsi sul suo tronco e gareggiare in robustezza con lui. Ma l'amicizia non cessa, per questo, anzi si fa più intima, quasi più maschia. Seduti sul suo ramo più ospitale, i ragazzi, - che tali per la madre sempre rimangono, - accompagnano il canto del fringuello, nei bei meriggi della tarda primavera, coi versi di Orazio e di Catullo; e, sollevando gli occhi alla cima intatta dell'albero, vedono il fiore «meraviglioso come una bandiera azzurra» del loro avvenire.

E arriva il giorno in cui essi non danno più confidenza all'albero: bisogna rispettare la piega dei pantaloni e non farsi vedere dalle signorine che passano nella strada. Ohimè, la strada è mutata, adesso; è un'arteria cittadina, e l'odore dell'asfalto ha ucciso il profumo della campagna. Case e palazzi sorgono intorno alla piccola dimora un giorno solitaria; ma il cedro, e altri compagni vegetali che adesso vivono nel giardino, si prendono cura di nascondere la nostra modesta esistenza quotidiana ai curiosi vicini. Il cedro, specialmente, preso l'aire, si è slanciato in alto con impeto di difesa e di protezione: ha in sé solo la potenza, la freschezza, l'armonia di una intera foresta: il suo verde riempie il vano delle finestre della casa; la sua cresta si dondola, al di sopra di tutte le cose intorno, su un orizzonte che ha l'illusione di un grande spazio, e gioca con le nuvole, e arde col tramonto, e ride con la luna: è già per sé stesso una bandiera sempre soffusa di azzurro, che sfida il tempo, sventola, d'estate e d'inverno, la promessa di una vita millenaria.

Il nostro cedro ha adesso venticinque anni.

Secondo i calcoli del vecchio giardiniere che lo ha piantato, se il primo fiore di una creatura umana varia dai quindici ai venti anni, l'albero, che darà il suo primo fiore al compiersi del suo secolo, adesso è, sempre in relazione all'uomo, ancora un bambino.

E del bambino, nonostante il suo tronco dritto e potente come una colonna, e la robustezza dei rami che come la scala di Giacobbe pare raggiungano il cielo, ha tuttavia la freschezza, la bellezza intatta e pura, la gioia costante. Sempre vibrante della vita degli uccelli, ha, con essi, una voce in coro. Il fruscio dei suoi rami, e un mormorio che freme anche quando non c'è vento, annunziano la sua presenza, come il respiro di un essere vivente. La pioggia dei suoi aghi secchi, nella stagione propizia, è diversa dalla caduta delle altre foglie: non ha nulla di triste, e riveste la terra, intorno, con un'ombra violacea vellutata. E il suo lottare col vento, nelle giornate di tramontana, ha l'agilità e la sana letizia dei fanciulli che giocano con la neve o dei giovinetti sportivi che s'ubbriacano di moto sulle cime alpine.

E se romba il libeccio, anche l'albero intona una sinfonia tragica; racconta le leggende della foresta, i terrori delle bufere, l'ira degli spiriti demoniaci scatenati contro le deboli forze umane e naturali: ma in fondo al suo brontolio c'è sempre, come nella voce dei potenti, la promessa, la certezza della vittoria finale. Si placheranno gli elementi, tornerà la luce, tornerà la primavera.

La primavera, ecco, anche quest'anno è tornata: l'albero compie il suo venticinquesimo anno di età: la scorza del suo tronco brilla al sole, come una corazza di bronzo cesellato: i rami vibrano, come quelli degli alberi sacri ai quali gli antichi sacerdoti appendevano gli strumenti musicali che accompagnavano i loro riti.

Le famiglie delle margheritine, sempre più numerose, crescono sul praticello, e c'è chi si piega a guardarle, come una loro sorellina, sorpresa e felice più della loro minuscola bellezza, che della gigantesca maestà dell'albero alto sopra di lei come un tempio. I bambini vedono meglio dei grandi le meraviglie della terra vicina a loro: un sassolino, uno stelo di avena, una coccinella rossa sono miracoli, per loro: e non lo sono forse davvero? La piccola Piti, la più piccola della famiglia - diciotto mesi di età - è intenta a studiare questi misteri: la coccinella rossa, immobile su una foglia, è quella che più l'attira: non osa toccarla, mentre maltratta le mansuete margheritine; e balza, con un fremito e un grido, quando d'improvviso l'insetto si apre come un fiore e vola: in alto, sull'albero. Solo allora Piti pare si accorga dell'esistenza del gigante: guarda, per un attimo, il barbaglio dei suoi rami attraversati dal sole, appoggiando con diffidenza una manina al tronco; s'imbroncia; poi con una strana protesta, ch'è forse la prima della sua vita, afferma a sé stessa e alle cose intorno:

- Tutto Piti, oh!

Sì, tutto è di Piti; chi glielo può levare? Anche il grande albero è suo: suo più che le altre umili e passeggere cose intorno: è suo fratello, come lo è stato dei fanciulli che l'hanno preceduta, come lo sarà di quelli che la seguiranno: finché il suo primo fiore, il fiore alto e sventolante sul cielo come una bandiera fatta dell'azzurro stesso del cielo, benedirà le generazioni che hanno creduto con fede e con gioia alla sua leggenda.

BALLO IN COSTUME

Chi ci aveva insegnato a ballare? Nessuno. Eppure si ballava, per istinto, per bisogno naturale; e la polca pacata e casta, la mazurca più ardita, ed anche l'allora vertiginoso valzer, erano familiari alle nostre gambette non eccessivamente lunghe ma abbastanza agili e ben fatte. Del resto le gambe non si vedevano, nelle nostre deliziose feste da ballo, perché anche allora si usavano i vestiti lunghi; anzi, per assoluta mancanza di toelette da sera, si ricorreva spesso ai non vaporosi costumi: costumi nostri, di casa, ricordi di belle nonne paesane, di antiche spose, veramente confezionati con porpora, bisso e broccati d'oro; o ci si facevano prestare dalle giovani cugine, che ancora li indossavano e si beffavano dei nostri goffi vestitini borghesi come del resto si beffavano anche delle signore e signorine eleganti che seguivano scrupolosamente la moda. Per queste cuginette ricche, sebbene figlie di pastori e di orgogliosi proprietarî di terre, destinate a sposare pastori e proprietarî, a far figli che però un giorno sarebbero forse diventati dottori o avvocati o alti funzionari di Stato, - ragazze claustrali e impertinenti nello stesso tempo, - tutto, d'altronde, era oggetto di riso, di sarcasmo sottile e inesorabile, di pungenti critiche. Si consideravano di una razza superiore, e forse lo erano; e la loro casa, fornita di ogni bene di Dio, ricca di servi e serve, era un piccolo feudo dal quale dipendevano, sebbene indirettamente, tutti gli abitanti bisognosi del quartiere.

Prima dunque di chiedere in prestito, per una notte, il costume nuovo di mia cugina Elena ci pensavo due volte: d'altra parte quello antico di mia nonna era già troppo conosciuto e quelli delle altre mie parenti grasse e formose troppo larghi e voluminosi. Il costume di Elena, non privo di qualche modernità, col nastro in fondo alla gonna pieghettata più alto dell'ordinario e di un colore fra il rosso e il cremisi ondeggiante e lucente come le strisce del tramonto, il giubboncello in armonia, di una tinta purpurea lievemente granata, e i bottoni d'oro con la perla di falso rubino, tutto era adatto per me.

Il viso un po' camitico di Elena, - «bruno ma bello; il turgido labbro simile al fior del melograno», - si mascherò subito di ironia, appena mi vide entrare nel doppio cortile che ricingeva la sua grande casa bassa tutta scalette esterne, ballatoi di legno, tettoie e ripari contro gli occhi indiscreti. Ella attingeva acqua dal pozzo profondo, e le sue caviglie nude luccicavano come il bronzo. Senza una parola né di beffa né di raccomandazione mi consegnò il costume: la gonna piegata come un grande ventaglio, il corsetto di broccato con una carta velina in mezzo, il giubboncello piegato al rovescio, dove si vedeva il velluto della fodera come in un fiore a due tinte; ed io stessa me lo portai via, con la rapidità volante della gazza che va a nascondere il gioiello rubato.

Semplici e schiette erano le nostre feste da ballo; eppure chi ne ha vedute di più fantastiche e fastose? Ghirlande di edera e fiori di vilucchio, rose di carta e palloncini colorati adornavano le pareti: e le *sospensioni* a petrolio e i candelabri con le steariche finivano col far rassomigliare la sala a una chiesa, nella notte di Natale: tanto più che questa sala era stata davvero la grande cappella di un antico convento, ridotto poi a caseggiato scolastico: l'attiguo refettorio adattato a buffet e rifugio delle coppie accaldate, più che dal ballo, dal fuoco del loro cuore. Non mancava la buona musica: pianoforte, violini e chitarre; per certi balli finali, dopo che la contraddanza aveva convertito e preso nella sua rete anche i più indomiti miscredenti in amore, la fisarmonica poi richiamava in anticipo all'aria aperta, ai prati, ai boschi, alle feste campestri, alla vita primitiva, infine alle danze tradizionali che, oltre al nascondere l'agguato d'amore, fondamento d'ogni riunione e contatto fra uomini e donne giovani, celebrano ricordi e riti religiosi, sopravvivenze di costumi, di usi, di credenze e aspirazioni nate coi primi uomini e da questi espresse coi movimenti, col suono degli strumenti e, meglio ancora, con la voce stessa. Ci sono infatti certe danze sarde che si ballano col solo ritmo di un coro tutt'altro che ingenuo, anzi ricco di armonie e toni musicali e motivi raffinati: la melanconia e l'ebbrezza, la virile espressione di passioni che toccano le radici dell'anima, il piacere e la nascosta ma prorompente ansia di vivere, e persino un certo disprezzo, una sfida alle cose meschine d'ogni giorno, vibrano nella voce dei cantori, a loro stessa insaputa, come a insaputa dell'uccello che canta è la sua gioia di esistere, di procreare, di sopravvivere coi nati del suo nido.

Intonati a questa danza, che qualche volta dunque chiudeva i nostri balli, erano i costumi paesani; e la festa pigliava un colore di Sagra pastorale.

Episodi comici non mancavano: ed ecco una volta il direttore delle danze, prima del ballo finale, annunzia a bassa voce, ai varî gruppi specialmente delle ragazze, che ci sarà una sorpresa impensata, straordinaria, un avvenimento che accrescerà la gioia di tutti, a tutti farà piacere, a tutti porterà fortuna.

Non ha finito di bisbigliare, destando curiosità ma anche una certa diffidenza, che sulla soglia della sala attigua, nella cornice delle ghirlande d'edera e di vilucchio ancora fresco, come uno gnomo nel limite del bosco, si presenta un gobbo. Tutti i ventagli (anche le paesanine lo avevano) si aprirono per nascondere le bocche ridenti; i giovanotti si precipitarono incontro e intorno al nuovo venuto; molte dita si allungarono sulle spalle di lui, se ne accorgesse o no; e tutti lo accompagnarono in gruppo trionfale fino in mezzo alla sala: alcuni si piegavano, facendosi piccoli al pari di lui, per lasciarlo veder meglio alle ragazze, verso le quali qualche bellimbusto spregiudicato ammiccava come per dire: questo fa proprio per voi.

Egli lasciava fare: era un cuore semplice, un cuore d'oro; la sua piccola testa rossiccia, con i grandi occhi di cervo, spauriti e buoni, dava uno strano senso di dolcezza a guardarla, come appunto quella di una bestia mansueta e mite, sebbene selvatica, capitata fra gli uomini, che non tentavano di farle male, anzi le tributavano un rispetto interessato, una protezione mista di speranze e di idolatria.

Poiché tutti, anche gli spregiudicati, credevano nella sua virtù: e il primo a crederci era lui stesso, il generoso gobbino, e in piena buona fede, sebbene la sua misteriosa potenza a spandere la luce del bene intorno agli altri nulla valesse per lui, giovane, ricco, di buona famiglia, condannato a vivere senz'amore e senza illusioni. Senza illusioni? Forse no: poiché, se egli era venuto al ballo, se guardava timido le donne, se si era vestito bene, con le scarpe di coppale e in mano i guanti bianchi, se aveva una perla alla spilla della cravatta, qualche velleità ce la doveva pure avere: e se, soprattutto, quando la fisarmonica intonò, come in onore di un Dio silvano, una musica nostalgica, fatta di echi, di lamenti, di richiami insistenti e appassionati, richiami di amanti che si cercano ansiosi nella foresta, anche lui si unì al circolo magico dei danzatori, scegliendo il posto fra due fanciulle che per la loro statura non lo facessero troppo sfigurare.

Una ero io; sì, e confesso che sollevai con fiero dispetto la testa, e strinsi quasi con sfida la piccola mano calda del gobbo poiché l'altro ballerino accanto a me, alto e bello nel suo costume spagnolesco, mi stringeva a sua volta la mano e me la scuoteva con derisione. - Che c'è da ridere? - dicevano i miei occhi: - Non è un essere vivente anche lui? Egli non chiede nulla d'illecito: chiede solo un momento d'oblio, l'illusione di credersi simile agli altri, ammesso anche lui nel cerchio magico dei giovani che si divertono, dei cuori che si amano.

- Inoltre, - sciolto il ballo, nell'ultima sosta prima che l'alba ci richiami alla realtà quotidiana, dico al beffardo nobile spagnuolo, - il gobbo mi porterà fortuna: anche per questo sono felice che egli mi abbia preferito alle altre, e voglio, per farle dispetto, civettare con lui.

- Oh, s'accomodi pure. Ma che è la fortuna? - domandò il giovine: e si fece serio.

Il gobbo non osava riavvicinarsi; non cessava però di fissare coi suoi occhi allucinati, - lo avevano fatto bere, - non il mio viso, ma il mio vestito: pareva che quei colori d'aurora, l'ondeggiare delle pieghe, lo scintillìo dei gioielli, più che la modesta persona da essi trasformata in idolo, quasi in simbolo, gli destassero un fascino sovrannaturale.

Ci seguì, nella via del ritorno, nell'ora antelucana il cui freddo umido e spietato gelava i nostri visi e i nostri sogni.

- Attacca, attacca, - diceva il crudele "hidalgo", - la fortuna la segue, signorina -. E si mise a cantare, fra uno starnuto e l'altro: «Ella mi amava per la mia sventura. Ed io l'amavo per la sua pietà».

Altri starnuti rispondevano. Ma non era nella scìa interessata della mia compassione che il gobbo trasognato procedeva: era altro il segreto che lo attirava; e qualche tempo dopo la bruna corrucciata Elena mi investì con fredda rabbia:

- Ma che hai fatto, quella notte del ballo, al malaugurato gobbo? Gli hai dato il filtro? Adesso, ogni volta che vado a messa, mi aspetta davanti alla chiesa, mi attacca gli occhi addosso, non li stacca mai durante la funzione; poi mi segue fino a casa, come un cagnolino, e fa ridere la gente dietro di noi.

- È innamorato del tuo costume, Elena; abbi pazienza: almeno di un vestito può bene innamorarsi: quanti uomini non fanno altrettanto? E poi ti porterà fortuna.

Ma anche lei, che nonostante i suoi diciotto anni aveva già la saggezza melanconica della gente solitaria, domandò col suo languido riso di beffa:

- Che cosa è la fortuna?

FORZE OCCULTE

Piegata sul suo piccolo registro, la signorina Giovanna, levatrice, faceva i conti dei suoi proventi mensili. Era, nel pietroso paese di montagna, la sola donna che, oltre la maestra di scuola, guadagnava: anzi, quella che guadagnava di più. Ed era bella, giovane, forte: e, anche questo conta, onestissima. Eppure il fidanzato l'aveva piantata: perché la famiglia di lui, sebbene povera e a suo carico, cioè del suo magro stipendio di segretario del Comune, non solo si era opposta ai suoi progetti amorosi, ma lo aveva persuaso a sposare una cugina, anche lei senza dote e per di più malaticcia: così l'onore della casta era salvo.

Poiché la signorina Giovanna, di altro paese, era figlia, si diceva, di un domatore di cavalli.

Si era di giugno: mese laborioso, per lei; i paesani del luogo si sposavano quasi tutti a settembre, forse perché cominciava il fresco forse perché le raccolte erano finite e le vigne non allignavano nei terreni intorno, forse perché ricorreva la festa del paese. Giovanna aveva assistito tre spose novelle e una matrona al suo decimo figlio: e poi ce n'erano altre, e fra le altre *quella*, la sposa del suo traditore. Ma per costei ancora non era stata chiamata, e forse non lo sarebbe: si preferiva consultare il dottore, che in casi gravi funzionava anche da ostetrico e da chirurgo.

- Meglio - disse a voce alta la giovine donna, e la sua voce le tornò indietro, vicina eppur lontana, come un'eco, dalla muraglia di rocce che si alzava sopra il sentiero a fianco della sua casa. Casa un po' strana, grande e abitata solo da lei e da una sua serva; un tempo era stata la sede del Comune, ma da qualche anno, dopo la costruzione del nuovo Municipio, veniva offerta gratis ai dipendenti di questo. Nessuno però la voleva neppure la maestrina, perché le stanze erano grandi e, d'inverno, gelate, e piene di topi e di scarafaggi. La serva non chiudeva occhio quando la signorina doveva uscire di notte per il suo mestiere; e Giovanna, a sua volta, sebbene coraggiosa e senza pregiudizi, possedeva una rivoltella col relativo porto d'armi.

La rivoltella è lì, anche quella sera, sulla tavola da pranzo che serve da scrittoio, come la grande stanza, terrena, è adibita a uso di salotto e, occorrendo, da sala e ufficio di consultazioni. Un lume a petrolio rischiara la stanza; le finestre sono chiuse, sebbene la notte, fuori, sia già un po' calda, ricca di luna e di stelle.

Ma Giovanna aveva paura più delle stelle e del profumo del tasso e del lamento dell'assiolo sul ciglione, che dei malviventi notturni. Il pericolo, e pericolo di morte, e di cose più terribili ancora della morte, era nel silenzio di quelle sere di giugno, se ella si affacciava alla finestra; il nemico sobbalzava allora dalla profondità del suo spirito come da un cespuglio di rovi, e la rivoltella non bastava a difenderla, anzi passava nelle mani dell'assassino e diventava un'arma demoniaca. Poiché oramai era destinata alla vendetta, e Giovanna aspettava solo l'occasione favorevole per poter uccidere con sicurezza l'uomo che l'aveva tradita.

L'occasione si presentò appunto quella sera: ma in maniera così favorevole da sembrare un sogno. La serva era già andata a letto, non essendoci quella notte probabilità per la padrona di uscire: e questa finiva di fare i suoi conti sul piccolo registro quando uno dei vetri della finestra verso il ciglione parve incrinarsi. Qualcuno aveva buttato una pietruzza: la lieve vibrazione della lastra colpita si ripercosse nel sangue di Giovanna con una violenza quasi di terrore. Ella riconosceva quel segnale: quel segnale che aveva creduto di non sentire mai più nella sua vita, sebbene appunto nei sogni crudeli la ferisse come una freccia avvelenata.

Anche adesso, dunque, le sembra di sognare: sotto l'arco ombroso delle sopracciglia maschie, gli occhi s'aprono con fissità di spavento: il segnale si ripete. È lui, che, come un tempo, l'avverte della sua presenza.

Dopo il primo turbamento, ella pensò che potesse essere qualche altro: forse un ragazzo ancora in giro, con quella bella notte già estiva. Ma il cuore non la ingannava. Il colpo si ripeté una terza volta: poi non più. Questo era il vero segnale, convenuto un tempo fra loro, e che nessuno conosceva. E le venne da sogghignare, ricordandosi che si vedevano di nascosto per paura della famiglia di lui: era lui che faceva la parte donnesca. E invero qualche cosa di femmineo lo aveva: una dolcezza, una passionalità svertebrata, un colore d'incoscienza e quasi di abulia. Ed era cresciuto sempre in mezzo a donne: la madre, le zie, le sorelle, le cugine, prendendo la parte debole del loro carattere: anche per questo era piaciuto a lei, forte di spirito e di corpo.

Ricordò, in un attimo, le promesse che egli le faceva, nei momenti di maggiore abbandono: che l'avrebbe amata sempre, anche se costretti a separarsi, anche se lei lo avesse respinto e calpestato: e forse Dio le mandava adesso una occasione di vendetta ben più crudele di quella meditata da lei.

Si alzò e guardò attraverso i vetri della finestra, senza persiana, munita però d'inferriata. Egli stava lì, nel vicolo sotto il ciglione sopra il quale cadeva la luna: vestiva di nero, col cappello tirato sugli occhi, il viso in ombra: ma le sue mani bianche di scriba, illuminate dalla luna, parevano fosforescenti; avrebbe avuto una parvenza di fantasma senza il cerchietto d'oro dell'anello matrimoniale che egli sembrava mettere in mostra per avvisare Giovanna della distanza che li separava. Questa fu l'impressione di lei: e un tumulto di odio, di rabbia, di sdegno per l'insultante presenza di Lui, la sospinse e risospinse, come un'onda malvagia, dalla finestra alla tavola, dalla tavola alla finestra, più volte, facendole afferrare e rimettere e poi riprendere l'arma.

La rimise ancora: infine, poiché l'uomo non se ne andava, aprì con dispetto le imposte, fingendo di non riconoscerlo. Egli sollevò il viso, col mento bianco di luna e il resto come mascherato da una bautta: non parlò; ma ella vide quel mento, con la fossetta profonda, tremare visibilmente, e si placò di nuovo, quasi beffarda. La sua voce vibrò nel silenzio, sforzata, come quella di uno che vuole spaventare un monello disturbatore.

- Beh, che vuole?

Egli fa due passi in avanti, si toglie il cappello, e adesso anche i suoi occhiali e i suoi capelli neri luccicano alla luna, mentre le mani si nascondono quasi impaurite.

- Signorina, - dice sottovoce, come ripassando una lezione, - bisogna che lei venga a casa mia. Il dottore è fuori, per un consulto urgente, e la cosa è venuta d'improvviso, prima del tempo.

Ella capisce benissimo di che si tratta: e vorrebbe ridere, gridare: «E a me che importa? Vada via» ma egli prende coraggio, alza la voce, non ha paura di farsi sentire. - Bisogna che venga. Subito. C'è pericolo.

Le sembrò il grido di uno che, in pericolo di vita, domanda aiuto: e chi lo sente non può, senza tradire le divine e umane leggi, negarglielo. Lei, inoltre, era obbligata, per il contratto col Comune, ad assistere chi richiedeva la sua opera. Una cosa era vendicarsi, un'altra compiere il proprio dovere civile. In fondo, poi, soffiava il demonio. Pericolo? Per chi? Per la madre o per il figlio? In tutti i casi, forse, le si offriva la vera vendetta. Intanto, senza più aprire bocca, cercò la sua borsa di pronto soccorso, incerta, per un momento, se prendere o no la rivoltella. Non la prese: bussò all'uscio della serva, per avvertirla che usciva, e seguì l'uomo senza parlare.

La casa di lui non era distante, solitaria in riva allo stradone bianco del chiarore liquido della luna. Se Giovanna avesse voluto vendicarsi, nessuno se ne sarebbe accorto. Per il momento ella non vi pensava: quando però vide la casa di lui, con le finestre illuminate, un dolore quasi bestiale la riprese: e i pensieri malvagi, l'odio fiammeggiante, il desiderio di sangue e di morte la fermarono sull'orlo della strada. Sentì paura: paura di sé stessa, di entrare in quella casa e far del male alla donna innocente.

L'uomo dovette accorgersi della sua indecisione perché si volse a guardarla; e d'un colpo cadde riverso, con le braccia aperte, nero sulla polvere bianca, crocefisso sulla sua ombra.

- Sincope: soffriva di cuore - disse poi il dottore; e con malizia aggiunse: - la preoccupazione per la moglie, e qualche altra cosa lo colpirono.

Qualche altra cosa, sì, e Giovanna sentiva nel nido aggrovigliato e spinoso del suo cuore il serpente del rimorso e il terrore delle forze occulte, con le quali la volontà dell'uomo può, col suo odio, scatenare il male.

LE BESTIE PARLANO

Una sera di gennaio *Fancin* il famiglio, che sonnecchiava nascosto fra la parete della stalla e i fianchi caldi ed elastici della vacca rossa stretta a sua volta dai mucchi grigi e neri delle sue compagne, fu svegliato dalle voci delle donne che parlavano di Sant'Antonio abate protettore delle acque, del fuoco e delle bestie. La voce maschia della vecchia padrona pronunziava anche il nome di *Fancin*; *Fancin* quindi stette immobile ad ascoltare.

- No, le bestie non parlano; miracoli non ne accadono più, Sant'Antonio abate è in collera con la gente ladra, coi comunisti che non rispettano la roba altrui. Il nostro *Fancin*, del resto, un anno, mentre nella piazza si faceva la benedizione delle bestie, vide Sant'Antonio volger la testa indietro come per dire: benedite, benedite pure, a me non importa niente!

- *Fancin* non fa altro che burlarsi del prossimo - disse una voce aspra. - A diciott'anni, grande e grosso com'è non pensa che a ridere e a dir bugie.

- E a dormire e mangiare...

- Ah, brutta stirpe... - mormora *Fancin* dietro la vacca rossa: ma a difenderlo pensa la sua vecchia padrona. La voce maschia insiste:

- Questa di Sant'Antonio abate non è bugia. *Fancin* l'ha sempre raccontata: egli ha proprio veduto il santo volger la testa come per dire: benedite, benedite pure, a me non importa un corno.

Ma subito s'udì un trillo, una voce ridente, e tosto *Fancin*, sebbene ad occhi chiusi, vide la figurina bionda ed il viso rosso della padrona giovane.

- E questo non è un miracolo se non è bugia di *Fancin*?

- No, Palmira, i miracoli son quelli buoni.

Allora altre voci risuonarono, tutte alte e forti, e la discussione si fece viva, animata, fra il ruminare e l'alitare tranquillo delle vacche, fra il muoversi delle ombre delle teste e dei fusi sulle pareti e sul soffitto. Dal vetro appannato del finestruolo una scintilla della luna che rischiarava la pianura bianca e nera come un cimitero enorme, guardava, e pareva una pupilla meravigliata che in quell'angolo del mondo cristallizzato dal gelo si facesse ancora tanto chiasso.

Fancin ascoltava e si sentiva così beato che gli pareva d'esser disteso dietro la siepe, in una bella sera di giugno, fra il gracidare delle rane.

Ecco la vecchia padrona, il cui viso paffuto e roseo, la falsa trecciolina rossa, gli occhietti lattiginosi, gli zoccoli civettuoli e le calze azzurre giustificano pienamente il nome infantile di *Caterinin*, eccola trasformata in un bel rospo grassotto, che dirige il coro: la sua voce maschia e sgradevole stona ma vince le altre; e la rosea Palmira, la giovine nuora, è la ranella trillante, e la Peppa che ha il marito mugnaio ed è abituata a gridare per vincere il rumor della ruota, è una vecchia rana un po' rauca dal troppo gracidare, e solo la *Bustighina* che nessuno ha mai veduto senza il fuso e la connocchia, simile anch'essa a un fuso, piccolina, magrolina, tutta testa e dalle cui dita il filo grigio e lucente pare esca per virtù naturale, come l'acqua dalla fontana, solo lei ha una voce bassa e monotona di ranocchia stanca, che se ne va lungo il fosso e sta per addormentarsi fra i giunchi nerastri.

Fancin ride fra sé. Le donne discutono ed a momenti si accapigliano, chi sostenendo, chi negando che nella notte di Sant'Antonio le bestie parlano; ed egli pensa: - E loro adesso che cosa fanno? - e il desiderio di spaventarle urlando e mugolando come un bue, gli gonfia la gola. Ma una proposta della ridente Palmira lo richiamò al rispetto delle sue padrone.

- Sentite ragazze, facciamo una cosa: venerdì sera, vigilia di Sant'Antonio, restiamo alzate fino a mezzanotte, facciamo una bella cenetta e così sentiremo se le bestie parlano o no.

- *Mi no, mi no!* - disse la *Bustighina*, come parlando al suo fuso. - Io ho paura.

- Quella sì, è una brutta bestia, la paura. E l'avarizia? Brutta bestiaccia anch'essa. Eh, voi, *Bustighina*, non volete venire per non portare uno dei vostri conigli arrosto...

- Non è per il coniglio, ma io ho paura di stare al buio e se non è buio le bestie non parlano.

- Spegneremo il lume solo dopo la cena e vi daremo la mano.

- *Mi no, mi no.*

- Ebbene, vecchia avara, se non verrete, io vi ruberò il coniglio. E la mamma ci darà il cappone e la Peppa porterà la farina per fare i gnocchi, e voi *Carulina* il formaggio parmigiano da grattare e il burro ed io i salamini e due bottiglie di lambrusco, e voi Stellina la zucca arrostita, e tu, Fermina, tre bottiglie... e tu Tognina questo, e voi Cleonice, quest'altro...

Fancin, dietro la vacca, si sentiva di nuovo la gola gonfia dal desiderio di gridare:

- Brave! Invitatemi, ed io porterò il mio appetito...

- Quando saranno andati a letto gli uomini, - via, i maschiacci! - noi quatte, quatte, perdincolina, faremo un po' d'allegria. Vedrete che *Cesar* il bifolco ci troverà ancora qui all'alba quando verrà per "governare" le bestie. Ci divertiremo e staremo allegre. Su, *Bustighina*, sollevate il vostro musino: parlate!

Le donne ridevano, e più di tutte la *Caterinin*; sì, i tempi son tristi, la gente ladra, i santi sono in collera, ma, perdincolina, quando si tratta di spassarsi un poco, sia pure di venerdì, bisogna ricordarsi che la vita è breve e che più si è vecchi meno giorni restano.

Solo la *Bustighina* continuava a trarre il filo dalle sue dita ed a raccontare storie di morti, di spiriti, di bestie misteriose, di vendette divine. La sua voce, nel coro delle altre, finiva col mettere come una nota bassa, melanconica ma insistente e paurosa; tale la voce della coscienza nel tumulto delle tentazioni. Ma *Fancin* dietro la vacca approvava anche quella voce. Bene, bene, tutto può servire ai fini dell'uomo furbo.

Fancin era persuaso di essere quest'uomo. Nei giorni seguenti, mentre le donne non facevano che ridere alludendo velatamente al loro progetto, - i conigli della *Bustighina*, la farina del mugnaio, le bottiglie, i salamini, i morti, le bestie, la vigilia di Sant'Antonio, tutto era per loro oggetto di scherzo e di allusioni allegre, - *Fancin* sorrideva fra sé, con l'aria fra beata e inquieta d'un amante che sente approssimarsi l'ora d'un convegno agognato.

Il venerdì mattina, vigilia di Sant'Antonio, *Cesar* il bifolco sorprese il famiglio nel fienile sopra la stalla in attitudine sospetta. Toltasi la giacca ch'era lunga un metro, *Fancin* ne aveva distaccato la fodera, e adesso in maniche di camicia nonostante il freddo, praticava un buco nel pavimento, sollevando due mattoni già smossi, ma poi lasciandoli, appoggiati ai travicelli del soffitto della stalla. Il bifolco, un uomo secco e dritto di corpo e d'anima, era lo stesso che una volta, ad un frate questuante che domandava del frumentone, aveva presentato con bel garbo una zappa dicendogli:

- Volete del frumento? Ebbene, eccovi una buona zappa; prendetela: venite meco a zappare; e poi ricordatevi che c'è da fare la incalzatura, la battitura; e poi c'è da portare i cartocci sul fienile... e poi se il vostro buon Dio farà venire la pioggia quando occorre, in modo che il frumento cresca e maturi, ne avrete anche voi la vostra parte...

Il frate era scappato e non s'era più visto: la gente rideva ancora del fatto, ma i servi ed i famigli della vecchia *Caterinin* rispettavano più *Cesar* che la padrona, e s'egli si presentava all'improvviso trasalivano anche.

Fancin decise dunque immediatamente di spiegare la sua presenza ad ora insolita nel fienile, e raccontò al bifolco della cena progettata dalle donne e del proposito, da parte sua, di spaventarle per farsi almeno invitare.

Egli non sperava in *Cesar* un complice; quindi fu doppiamente felice quando l'austero bifolco disse con la calma di un giudice che sentenzia e castiga:

- Ah, birbanti di donne! Noi a letto e loro a gozzovigliare? Sta bene: ora a noi!

E i due complici e giustizieri presero gli accordi necessari: *Fancin* si mise a cucire la fodera della sua giacca, dandole la forma d'una calza enorme, pungendosi le dita che sembravano rosei salamini, e *Cesar* portò su nel fienile un grande imbuto arrugginito.

Alla sera il famiglio dovette ripetere alle donne la storiella della sgarbatezza di Sant'Antonio abate, visto da lui ragazzetto a volger la testa dall'altra parte mentre nella piazza i bifolchi distribuivano il pane alle bestie e il prete le benediceva; e *Cesar* raccontò anche lui un fatto impressionante.

- Sì, le bestie parlano. Qualche anno fa nel Parmigiano un padrone volle rimanere alzato tutta la notte della vigilia di Sant'Antonio per sentire ciò che esse dicevano. Difatti alla mezzanotte precisa un bue si alzò e disse:

- Il padrone...

- Morrà... - rispose subito una vacca; e un altro bue concluse:

- Domani...

Il padrone scappò inorridito e vagò a lungo nella notte gelida. L'indomani lo trovarono svenuto sull'argine del Po; lo portarono a casa, ma dopo qualche ora di febbre violenta morì...

Le donne si guardavano fra loro e ridevano, ma un lieve fremito di terrore vibrava nelle loro risate: la piccola *Bustighina* sollevò il viso dal suo fuso, ma uno sguardo imperioso della *Caterinin* glielo fece riabbassare.

La conversazione languiva: era una serata fredda, nebbiosa, e tutti sembravano preoccupati.

Finalmente i vecchi si ritirarono e solo il bifolco ed il famiglio s'indugiavano giocando a carte.

Fancin fissava le sue e si morsicava le labbra rosee per non ridere; ma la dama di picche, alla quale egli pareva ripetesse la storiella di Sant'Antonio, gli sorrideva beffarda col suo viso giallo stretto fra due raspi neri, e il fante di cuori col suo berrettino rosso, la piuma, i lunghi baffi violetti, era così buffo che infine *Fancin* scoppiò. Fu una risata rumorosa, ma breve, *Cesar* sotto la panca gli aveva schiacciato un piede.

- *Fancin*, sei più scemo del solito! Va a letto, che farai meglio: domani mattina devi alzarti presto per pulire le bestie e condurle alla benedizione.

Fancin era un ragazzo obbediente. S'alzò subito e si stirò tutto, piegandosi all'indietro sulla schiena, sporgendo i gomiti e stendendo poi le braccia al di sopra del capo: le sue giunture stridevano come cardini di ferro.

- Vado, vado: sono stanco e farò tutto un sonno.

Il bifolco lo seguì, ed entrambi cauti e tragici come ladri salirono sul fienile.

Le donne stettero alquanto in silenzio, tra il ronfare ed il ruminare delle bestie; e avevano anch'esse sul viso, rischiarato solo a metà dall'oro tremulo di una lampadina posta su un angolo della tavola, qualcosa di tragico come una maschera d'ombra. Ma il trillo della giovine nuora ruppe l'incantesimo.

- Ohé, che si fa, ragazze? Si recita il rosario? *Bustighina*, e il vostro coniglio come va di salute? *Andom, andom!* Voi Peppa accendete il fuoco in cucina, e tu, Stellina, e voi Carulina, e voi Clecnice... su, su, fate questo, fate quest'altro... presto... presto... *andom, andom* che è tardi... prima di mezzanotte tutto deve essere finito, perché come sapete allora bisogna spegnere il lume...

E mentre la *Bustighina* continua a filare, rigida e melanconica come una Parca, la vecchia *Caterinin* scuote il capo e sul suo viso di melograno brilla un sorriso d'approvazione, - sì, sì, bisogna affrettarsi, la vita è breve; - e le altre donne si agitano, escono, rientrano, s'incontrano sull'uscio, confabulano, apparecchiano.

Già tutto è pronto sulla mensa improvvisata con due panche unite; il vassoio col salame rosseggia come una macchia di sangue; il coniglio che la *Bustighina* aveva consegnato vivo e bianco alla Stellina, riappare intero ma tutto coperto da una crosta dorata e raggomitolato come in uno spasimo di terrore; dalla zuppiera coi rosei gnocchi esala una nuvoletta fragrante e le fiammelle dei fuochi fatui della gioia brillano entro le bottiglie nere.

E le donne si dispongono in circolo attorno alla mensa: ciascuna di loro ha in mano una scodella dorata, con dentro un po' di gnocchi sui quali aspettano che la Palmira versi il vino spumante: silenziose, gravi, sembrano intente ad un rito. La giovine nuora, curva e coi bei capelli biondi dorati dalla luce della lampadina, stura una bottiglia, stringendola fra le ginocchia, e prega sottovoce il tappo di venir fuori, di non far rumore, di non far scoppiare il vetro... Ma il tappo fa tutto il contrario e, come un uccello liberato dopo lunga prigionia, appena tagliata la corda, vola e la spuma rossa del lambrusco lo segue follemente su fino al soffitto.

Allora, come svegliati e offesi da questo soffio di vita e di gioia, i terribili spiriti che pareva avessero per tutta la sera sonnecchiato negli angoli bui della stalla, scoppiarono anch'essi: e una gamba mostruosa apparve fra i travicelli del soffitto, come la gamba d'un gigante che stesse per precipitare sulle donne, e una voce cavernosa, fra muggiti e mugolii, urlò:

A let a let: Santantoni al c'manda;

S'an vrì mia creder

Guardé qé la gamba[2]

---

[2] A letto a letto: Sant'Antonio lo comanda;
Se non ci credete
Guardate qui la gamba.

Seguì l'urlo della *Bustighina*: le donne deposero le scodelle rovesciando la lampada. La vacca rossa si alzò spaventata e mugolò e in un attimo tutte le altre bestie furono su scalpitando e muggendo, fra un rumore di stoviglie rotte, di gridi soffocati, di gente in fuga.

Poi fu buio, mistero: la vacca rossa pareva parlasse con una voce mostruosa e terribile. Allora i due burloni, visto che le donne non tornavano, scesero per la botola del fienile, e il bifolco chiuse con calma la porta e il finestrino della stalla, mentre *Fancin* si aggirava di qua e di là al buio, cercando, annusando come un cane da caccia.

L'ANGELO

L'appuntamento era alle cinque, in cima al molo. Alle cinque, verso la fine di ottobre, il sole è già basso sull'orizzonte, sopra la pineta violacea e rossa di tramonto: ma c'era abbastanza tempo per fare appunto una passeggiata in pineta, o procurarsi qualche altro modo per stare assieme almeno un paio d'ore. Assieme, in un incontro alla superficie innocente e luminoso come quel mare calmo e già freddo dove le paranze uscite dal porto si riflettevano come in un vero specchio: alla superficie: ma sotto? Come il mare più celestiale copre gli abissi e i mostri più infernali, così è un amore che non ha uno sbocco se non nel peccato. E che altro sbocco poteva avere la relazione fra un'operaia e un ricco giovine signore? Ma lui era un sensuale, sciocco e momentaneamente innamorato, e lei aveva il dono della bellezza e la forza dell'ambizione.

Uscendo dalla piccola fabbrica di maglie, dove lavorava a cottimo, scese per il viale deserto che conduce al mare. Aveva una falsa volpe nera intorno al collo, sul vestito scuro succinto che lasciava vedere le belle gambe e indovinare le linee del corpo perfetto; e se la stringeva al viso quasi per tentare di nascondersi. E camminava rapida, come fingendo di tornare a casa, nell'umile borgo dei pescatori, dove viveva con la nonna, poiché il padre era morto in un naufragio, e la madre poco dopo, stroncata dal dolore; ma in realtà aveva detto alla vecchia che sarebbe rimasta fino a tardi nella fabbrica; e si diresse quindi alla spiaggia. Era più sicura la spiaggia, in quell'ora e in quel tempo assolutamente deserta.

Tutti i villeggianti erano andati via; le ville chiuse, tranne quella, in forma di castello, del giovane signore, che vi era rimasto solo, e in quei bei mattini d'ottobre - quando il mormorio di conchiglia della bassa marea accompagnava le cantilene dei vecchi raccoglitori di *poverazze*, e in lontananza, dalle vigne azzurre e dai campi arati arrivavano le voci dei contadini che aizzavano i buoi - si affacciava ancora al balcone, in pigiama di seta celeste, come il principe della leggenda.

La ragazza sapeva che era rimasto per lei, che la voleva, che l'aspettava quel giorno, per "concludere" qualche cosa. Che cosa si poteva concludere? Tutto e nulla. Forse dipendeva da lei, dalla sua volontà, ma anche dalla passione malsana in cui si sentiva travolta: poiché l'uomo non le piaceva molto, ma le piacevano i suoi milioni. E dopo tutto era libera: c'era la nonna, ispida e umiliata come una scopa vecchia, c'erano i pochi parenti, tutti uomini di mare, statue di stracci e di sale, sempre alle prese con la povertà e con la morte. Che potevano farle? Forse anche rallegrarsi della sua fortuna. Tuttavia procedeva guardinga, ricordando però molti esempi, viventi e vicini, di relazioni simili alla sua, se non peggio, oh, molto peggio anche; e il mondo camminava lo stesso: e lei era stanca della sua vita miserabile, e giacché s'era presentata l'occasione, dopo tante altre occasioni modeste o addirittura meschine, voleva profittarne.

La spiaggia era deserta, l'arenile duro come una strada battuta: fin là si vedeva nitida, sulla punta del molo, la figura nera di un uomo. Ella affrettò il passo, leggera e trepida. Le pareva di volare, sulla linea perlata del mare, come una rondine marina che insegue il suo compagno.

Ma d'improvviso si sentì inseguita, raggiunta, non sorpassata, più che da un passo da un soffio, come appunto di ali: e lievemente trasalì, quando alla sua destra, a poca distanza, vide una ragazza, quasi una bambina, coi capelli corti e lisci, di un biondo di rame, fasciati da un nastro azzurro. Anche il vestito, ancora estivo, era azzurro; e anche il profilo, le braccia esili e nude, le gambe nude, sottili come ceri, i sandali di pelle bianca, avevano una luminosità azzurra, come se tutta la figura di lei fosse balzata dal mare. Non doveva essere una villeggiante, una frequentatrice della spiaggia, perché sotto quella vaporosità incorporea, la sua pelle era bianca, quasi trasparente come l'alabastro. Gli occhi, l'altra non glieli vide, anche perché li sfuggì, nascondendosi di nuovo il viso con la sua volpe tenebrosa. Del resto la fanciulla, pur camminandole a poco più di due metri di distanza, pareva non la vedesse: a volte si piegava a raccogliere una conchiglia o un osso di seppia, che lasciava ricadere sulla sabbia e allora sembrava proprio una bambina.

E l'altra cominciò a infastidirsi: ecco passata l'ultima villa, ecco la duna che precedeva i macigni di sostegno del molo: adesso si vedeva chiara, sul cielo d'argento azzurro, la figura del giovine, fanciullesca, in costume sportivo, e anche quella di un cane che egli teneva al guinzaglio. Come attirato dallo sguardo della ragazza, egli si mosse per venirle incontro, ma quando fu a metà della palizzata si fermò, incerto, e aspettò che salisse lei la duna e s'inoltrasse sul molo. Certo, vedeva la signorina dal vestito azzurro, che pareva si accompagnasse amichevolmente all'altra, e si fermava con prudenza. Poiché neppure lui voleva che la gente molto pettegola del paese chiacchierasse delle cose sue, e queste cose venissero poi riferite a papà e mamma. D'un balzo, indispettita, la ragazza della volpe salì la duna, fu sulle pietre del molo: sperava che l'importuna tornasse indietro; ma la vide che saliva anche lei, più leggera di lei, la piccola duna e si librava sull'orlo della palizzata, azzurra sull'azzurro del mare, quasi irreale.

Che fare? Non le si poteva certo impedire di fare il comodo suo: la passeggiata era di tutti, e anche un gruppo di ragazzi irruppe dalla strada erbosa che andava verso il borgo dei pescatori. Ma di essi la ragazza non aveva soggezione: erano troppo presi da loro stessi per badare a lei: quella invece, l'importuna, sempre alla sua destra, sull'orlo del molo, le sembrava una spia pericolosa, quasi una rivale gelosa che la seguisse per far magari, al momento opportuno, uno scandalo. Del resto il giovane sembrava più preoccupato dei ragazzi del borgo che della signorina in celeste: pareva non la vedesse neppure, un po' chino come a guardare i pesciolini allegri che affioravano sull'acqua trasparente, in una rete d'oro che ondulava intorno ad essi senza volerli pescare. Anche il cane, piccolo e duro, li guardava: ma i suoi occhi, pur riflettendo il lucente gioco dell'acqua, sembravano, nella bautta marrone che li circondava, attoniti e tristi come quelli della volpe della ragazza.

Ella d'un tratto, impazientita, se la tolse, questa volpe, e la sbatté; poi sedette su uno dei ceppi levigati dei pali che circondavano l'estremità del molo, e sollevò il viso con aria di sfida, anzi con un po' di sfrontatezza. L'altra sedette anche lei, due ceppi distante, e le voltò un po' le spalle guardando il tramonto. Sullo sfondo ardente, dentellato dal profilo della pineta, ella parve disegnarsi su una lamina d'oro con l'estremità azzurra del vestito sciolta nell'azzurro del mare. E gli occhi non si vedevano mai, anche adesso che l'altra li cercava coi suoi, cupi e avidi di peccato, di dispetto, col riflesso del sole che pareva li iniettasse di sangue.

E perché quel badalucco rimaneva impalato là in mezzo alla palizzata, con la catenella del cagnolino da signora fra le dita intrecciate sulla martingala della sua giacca, anch'essa di un taglio femmineo? Ebbe voglia di avvicinarlo, di sollecitarlo lei: ma d'improvviso sentì vergogna e anche umiliazione: e forse anche un po' di orgoglio. Le pareva che l'altra sapesse tutto, di lei e dei suoi cattivi propositi, e dentro di sé la irridesse: questo, più che l'ambiguo contegno del giovane, la irritava e l'umiliava. Ma questa stessa contrarietà le fece, per un momento, apparire il quadro grigio della casetta, ove la nonna, povera e irsuta come una vecchia bestia da fatica, puliva il pesce per la loro cena: povera e irsuta, sì, ma col peso degli anni e dei lunghi dolori, e della pazienza e dell'amore, gettato sulla schiena come il sacco del frumento sulla groppa dell'asino.

Il sole intanto andava giù, rosso infocato; anche il mare si faceva rosso, e il vestito azzurro risplendeva, ma come rischiarato dallo splendore interno del corpo della sconosciuta. E, ormai sicura ch'ella non se ne sarebbe andata, l'altra le volse anche lei le spalle e guardò le paranze che si libravano fra cielo e mare, sul tremulo fuoco dei loro riflessi. E là erano gli uomini della sua razza, le statue di stracci e di sale, sempre in lotta con la povertà e la morte: ma in questo momento anch'essi risplendevano come statue d'oro.

La prese una specie d'incantesimo; ricordò la notte in cui suo padre era stato divorato dal mare. Qualche cosa, però, la trasse subito dall'abisso spaventoso di questo ricordo; le parve di cadere, come si cade nei brutti sogni, e di svegliarsi di soprassalto col sollievo di aver solo sognato.

Allora si volse e vide che l'uomo se n'era andato e sentì un disgusto, un profondo disprezzo per lui; e nello stesso tempo un senso di gioia per constatarne in tempo la vigliaccheria.

Si alzò; guardò in viso la fanciulla che rimaneva al suo posto, ma aveva volto finalmente gli occhi verso di lei. E anche questi occhi erano azzurri, di quell'azzurro che si vede negli archi.

Anni dopo, in cima al molo, raccontò, a modo suo, l'avventura al rude e arguto marito, padrone di una bella coppia di paranze; egli sorrise e le disse:

- Era l'angelo custode.

I GUARDIANI

Il vecchio salinarolo Tromba aveva ereditato da sua figlia Orsola un sacco: per di più era un sacco di carta, spessa e solida, sì da sembrare stoffa, di un colore neutro, fra il grigio e il giallo, ma sempre carta. Dentro, però, profumata di canfora e naftalina c'era una pelliccia quasi nuova, di martora, di un certo valore.

- Cosa ho da farmene io, di questa bestia? - egli diceva, senza tirar fuori la pelliccia, che era ben fornita del suo attaccapanni brevettato, in modo che bastava collocarla nel guardaroba e star sicuri della sua incolumità. L'affare è che Tromba non aveva guardaroba: solo una cassapanca, già stata, col corredo di lenzuola grandi e grosse come vele, e una coperta di lana di capra, la sola dote della sua prima moglie. La seconda, che aveva fatto scappare di casa la figliastra Orsola, la quale, bisogna dirlo, aspettava la prima occasione per pigliare il volo, di dote possedeva esclusivamente la lingua lunga e le mani vivaci. Adesso le tre donne erano morte, sia pace all'anima loro, e il vecchio viveva anch'esso in pace, nella sua casetta nel borgo dei salinaroli. Durante la bella stagione lavorava, anche lui a cottimo come gli altri suoi compagni, nelle saline poco distanti: d'inverno si beveva in tanto buon Sangiovese i guadagni estivi: una bicicletta, un cagnolino bassotto bastardo, chiamato Trombin in omaggio al padrone, una cornacchia nera, con gli occhi celesti, formavano la sua famiglia: e mai famiglia era andata più d'accordo di così: veramente qualche volta la Checca, la bella cornacchia, autoritaria e dispettosa, per semplice gelosia rubava il cibo al cane e lo nascondeva; e durante la notte dormiva appollaiata sul manubrio della bicicletta, spruzzandola di schizzi che parevano di calce. Eppure la più ben voluta era lei; la vera padrona della casa era lei: più del tremebondo Trombin badava lei alla roba del vecchio, che del resto era ben poca, ed egli poteva lasciare aperta la sua dimora, tanto i ragazzi e i grandi, anche, conoscevano le furiose e sanguinose beccate dell'inesorabile guardiana. Del resto tutti nel borgo le volevano bene, la chiamavano passando nella strada, ed essa rispondeva, con gracchi benevoli o cattivi, conforme capiva se i suoi amici erano veri o falsi. A sua volta, specialmente se il vecchio era fuori di casa, essa chiamava il cane, con una strana voce gutturale, e la bestia accorreva al richiamo come a quello di un energico padrone.

Durante il cattivo tempo il salinarolo non andava al lavoro: e quell'anno la stagione era davvero disgraziata, per lui e per tutti: pioveva sempre; la raccolta del sale scarseggiava quindi, e si prevedeva un inverno di carestia: carestia di vino, più che di pane, poiché al pane quotidiano il padre nostro che è nei cieli provvede sempre. Ma per il vecchio Tromba il pane passava in seconda linea: egli aveva bisogno assoluto del Sangiovese, anche non di prima qualità, e l'inverno gli faceva paura. Potevi risparmiare un poco, l'anno scorso, vecchio sibarita; i guadagni erano stati cospicui, addirittura incredibili, poiché la stagione calda non cessava mai; tutti finiti nelle tasche dell'oste della piazza, che serviva anche gli americani che svernavano nel Grande Albergo della Marina.

Quest'anno, dunque, piove: e sono, a giorni, piogge torrenziali che del fosso lungo la strada del borgo fanno un fiume tumultuoso: ed è una fortuna, questo fosso, per i salinaroli, altrimenti le loro catapecchie verrebbero allagate e schiantate. Il vecchio chiudeva la porticina e accendeva il fuoco: ma tali erano i suoi sospiri che la fiamma ne tremava, e la Checca, quasi per confortarlo, gli saltava sull'omero e gli beccava lievemente i peli della nuca.

- Lasciami in pace, figlia di Dio; come si farà quest'inverno? Non avrò da darvi neppure da mangiare, a meno che non si vada a chiedere l'elemosina in piazza.

Quello che egli voleva in piazza, sotto i portici dell'osteria, lo sapeva ben lui: e la Checca, che lo sapeva anche lei, gli beccava più forte i peli della nuca.

Ma quando si trattò del sacco, l'orizzonte si schiarì come in un bel tramonto di estate. Il vecchio sapeva, per averlo sentito dire, che quelle robe da signora costano: e sua figlia Orsola, disgraziata, se non era stata una signora, le robe da signora le aveva usate: probabilmente, anzi, si era perduta per quelle: sia pace all'anima sua.

Egli chiamò quindi una sua vicina di casa, stata anche lei in città, e che adesso andava a fare qualche servizio nell'albergo della Marina, per chiederle se trovava da vendere la pelliccia: le avrebbe dato una percentuale.

La pelliccia, collocata lunga distesa ancora dentro il sacco, nella cassapanca nera, fu tirata fuori, per la prima volta, con cautela religiosa; e la donna la scosse, la portò accanto alla porticina per meglio esaminarla. Una scena curiosa avvenne allora. Il cane si mise ad abbaiare come non lo aveva fatto mai; e la Checca, scesa a precipizio dal manubrio della bicicletta, dapprima si gonfiò e volle investire la donna, poi, veduta meglio la pelliccia, si nascose spaventata sotto il giaciglio del padrone. Rise questi, con la sua bocca sdentata, e rise la donna, sebbene avesse una faccia seria e preoccupata, poi esaminò e palpò la fodera di raso fulvo della pelliccia, e passò la mano ruvida sul pelo dai riflessi dorati, assicurandosi che non fosse tarlato. Il vecchio rideva ancora, facendo amichevoli cenni al cane.

- La credono una bestia viva - disse; - ohi, Trombin, di quelle che tu non hai mai cacciato.

Pensierosa, la donna rimise la pelliccia nel sacco e il sacco dentro la cassa. Sì certo, qualche signora dell'albergo avrebbe potuto comprarla, o anche la moglie del dottore; ma trattandosi di roba usata c'era poco da guadagnare.

- Su per giù, quanto?

- Un migliaio di lire.

- Figlia di un cane, - pensò Tromba, - se dici così vuol dire che ne vale almeno duemila - ma fece mentalmente i suoi conti, e gli risultò che anche con mille lire poteva lottare e aver vittoria contro il crudo inverno, suo personale nemico.

Attese, però: i primi freddi potevano aumentare il valore della pelliccia, ed egli intanto si mise in giro in cerca di compratori. Tempo ne aveva; poiché era tempo sempre umido e buio, e già i salinaroli sedevano melanconici e irritati nell'osteria del borgo e litigavano fra di loro o bastonavano le mogli e le belle figlie civette. Lui solo, Tromba, era tranquillo e animato di speranza: poiché tutti oramai sapevano della sua eredità, lo sbeffeggiavano, bonariamente, e gli domandavano denari in prestito: egli scuoteva la testa; andava in giro coi calzoni di fustagno ancora rimboccati sulle gambe ricoperte come da una scaglia di sale, e si recava a confabulare con l'oste della piazza, che, sapendo bene dove i soldi sarebbero andati a finire, si occupava anche lui della vendita della pelliccia. Nulla però si concludeva; e anche il vecchio si immelanconiva.

- Va a finire che me la metto io, quella roba, per scaldarmi: non poteva lasciarmi piuttosto un po' di quattrini quella benedetta creatura di Dio? Sia pace all'anima sua, però.

No, egli non le serbava rancore; né di essere fuggita, né di aver fatto la vita che aveva fatto, e neppure della strana eredità: egli voleva bene a tutti, morti e vivi; e non si arrabbiò eccessivamente quando una notte, rientrando a casa più sereno e ottimista del solito (l'oste della piazza gli faceva credito), trovò il cane sveglio e ringhiante, e la Checca gonfia, vigile anch'essa; ma invece che al suo solito posto passeggiava furiosa sopra il coperchio della cassa, beccandone il legno e gracchiando come quando aveva fame. Il vecchio indovinò la sua disgrazia: fece saltare la cornacchia sul suo braccio e sollevò il coperchio: il sacco c'era, ma floscio, vuoto.

Gli avevano rubato la pelliccia: ebbene, sia fatta la volontà di Dio. Era di origini impure, destinata a finire come la farina del diavolo. Ed egli sedette accanto al fuoco, e parlò col cane e la cornacchia, come con due buoni amici: e le bestie gli rispondevano, a modo loro, con brividi di rabbia il cane, che gli morsicava e tirava l'orlo dei calzoni, quasi volesse trascinarlo a ritrovare il ladro; con lievi gorgoglianti gracchi di protesta e quasi d'angoscia la sensibile Checca: finché tutti e tre si calmarono, ripresero i loro posti, e il vecchio, sotto la coperta di lana di capra della prima sua sposa, sbadigliò e recitò una filza di avemaria, per i morti e per i vivi; sì, una persino per il ladro, va tu pure con Dio, poiché solo a Dio spetta giudicarti e punirti.

Ed ecco, la mattina dopo, viene la vicina di casa, quella che già conosceva la pelliccia: viene come i delinquenti che, spinti da una forza misteriosa, tornano sul luogo del loro delitto: ma appena s'è affacciata alla porta il cane le si avventa addosso come un cinghiale, e la Checca si precipita di volo dalla cassa ormai inutilmente vigilata e le becca le gambe in modo che il sangue macchia le calze della malcapitata.

- Figlia di un cane, sei stata tu - urla il vecchio, chiudendo la porta e sollevando il bastone. La ladra mugolava, correndo da un angolo all'altro della stanzetta, inseguita dai tre giustizieri: finché confessò, atterrita:

- Sì, l'ho presa per farla vedere alla moglie di un forestiero: oggi vi porterò i soldi.

VIA CUPA

Quando si venne a vedere il terreno sul quale doveva sorgere questa nostra casa, su per i ruderi di un viale ancora assiepato di bossi fioriti di calcinacci, fino all'antico cancello che pareva un viso di vecchia dama ancora nobile e austero, con lo stemma e una coroncina di merli e due palle dorate che gli facevano diadema, ma il tutto già devastato dal tempo e dai colpi dei muratori, una bella comitiva di illusioni ci si fece tuttavia incontro, nella limpida mattina di aprile. Il luogo si ostinava a conservare la sua gaudente beatitudine: era stato per molti anni, col suo giardino movimentato, coi viali di pini e querce, con la villa rossa tutta scalini e finestre irregolari, il soggiorno di un cardinale, che vi si era ritirato sdegnosamente dopo il Settanta, ma continuando a combinare feste e ritrovi estrosi di nobili uomini e dame dell'aristocrazia pontificia.

Una quercia cresceva su un piccolo poggio in fondo; e dalla cima di questo romantico belvedere si godeva la distesa dei ciglioni circostanti, azzurri di rugiada; via, fino alla linea dei Monti Albani.

Dunque, ci si illuse che la casetta potesse sorgere su questo poggetto, con la quercia a fianco; e che la villa secolare, la vaccheria primitiva dietro il nostro recinto, con la sua tettoia e i sambuchi intorno, e soprattutto il sentiero incassato fra il muro del giardino e un rialto incoronato di quercioli e di un maestoso platano fremente di foglioline nuove e di uccelli, restassero tali, duraturi come in una stampa del Piranesi. Ma a cacciar via le graziose provinciali speranze, venne su, zoppicando e ansando, il grosso impresario della Cooperativa per il nuovo quartiere. Stese la mano grassoccia, inanellata, e con un solo gesto, molle e benevolo, cancellò il paesaggio:

- Qui va tutto spianato; qui è la zona dei villini; là delle casette a schiera. Per un po' di tempo resterà la via Cupa, perché abbiamo una divergenza col Municipio; ma sparirà anche quella.

Per consolarci si andò ad esplorare la via Cupa, che era il sentiero fra il muro e il rialto delle querce; tutt'altro che cupo: il sole vi spandeva una luce tiepida e rosea, di fiamma discreta: e c'era come un odore e un'atmosfera di bosco, di fiume vicino. Rampicanti sempre verdi ricoprivano le coste del ciglione, e le ombre dei quercioli si affacciavano, in alto, spiando il nostro incantato procedere; ma pareva che il luogo fosse abituato a questo modo di camminare delle coppie felici, perché le lucertole ci sfioravano i piedi senza spaventarsi, e un gatto nero con un curioso musetto di gufo, appollaiato in una nicchia soleggiata del ciglio, aprì solo un occhio per fissarci quasi insolente.

La spiegazione ce la diede il vecchissimo vaccaro, che appunto come una figura di altri tempi, fra di buttero e di eremita, ci apparve sullo sbocco della sua proprietà, in un cancelletto di canne ornato di sambuchi: era accigliato, e domandò dapprima se lo avrebbero cacciato via presto dal suo regno.

- Capirai, signore, - disse a mio marito, - sono qui da cinquanta anni; ho veduto il Papa passeggiare nel giardino, col cardinale e altri preti: scherzavano come ragazzi. Nessuno mi ha mai molestato. Questa strada, può dirsi, è stata sempre mia, perché ci passavano, e ancora ci passano gli uomini con le loro amorose: voglio dire quelli che non vogliono esser veduti a fare all'amore. Una volta ci ho visto anche una signora nobile e ricca sfondata con un damerino spiantato di quelli che andavano a mangiare e suonare nella villa. Ma nessuno mi dava fastidio: anzi mi ci divertivo, a sentirli parlare: e spesso litigavano, anche, e correvano botte: qualche coppia veniva a chiedere un boccale di latte; e lo pagava il doppio: si capisce, sì.

Egli affermava questo suo piccolo vantaggio come una cosa dovutagli. Per confortarlo si entrò a bere una tazza di latte, appena munto; anzi egli, poiché la vaccheria restò alcun tempo anche dopo la costruzione della casa, fu il nostro onesto e sincero lattaio.

Rimase, finché la vertenza fra il Municipio e l'impresa del nuovo quartiere, a proposito della via Cupa, non fu risolta. Intanto la quercia, il poggio, il viale con le siepi di bossi, tutto era stato cancellato dalla mano molle e inanellata che pareva lo facesse solo con pochi tratti di lapis. Fra mucchi di mattoni e vasche di calce bollente sorgevano le nuove casette: oh, come brutte e tristi quelle *a schiera*, vecchie prima di nascere: accanto al loro grigiore, i piccoli villini, con le torrette pretensiose e le terrazze di cemento, sembravano castelli.

Nello scavo delle fondamenta della nostra, i bambini buttarono, per il buon augurio, alcune monete di rame: il più piccolo anche dei fiori: la madre vi fece su, come aveva veduto al suo paese, un segno di croce: e la casa fiorì e fu benedetta.

Poi, un giorno, si sentì un allarmante fracasso, come di una soldatesca che atterra le mura di una città assediata: era l'antico cancello che veniva abbattuto. E i nuovi abitanti, scesi dalla grande città, presero possesso del quartiere.

Rimase lui, finché rimase la via Cupa. Era utile, perché ci dava il latte sincero; ma l'odore della stalla disturbava i vicini: quindi proteste e sollecitazioni: e col suo destino fu segnato quello della strada degli amanti. Di giorno, le coppie si erano diradate, poiché la solitudine più non le proteggeva: di sera, però, dai ruderi del muro del giardino, si sentivano ancora bisbigli, sospiri, paroline dolci e parolacce amare: e furono anche imprecazioni quando si trovò sbarrato l'imbocco del sacro sentiero, e parve agli amanti che anche il loro amore fosse minacciato di distruzione.

Questo arrivare delle coppie, e tornarsene indietro deluse, durò alcun tempo: tanto che, nelle belle e complici sere di estate, ci si divertiva ad aspettarle; e i ragazzi, già smaliziati e partecipi al fatto, le perseguitavano coi loro fischi. Sgombrati gli avanzi del muro, appianato il terreno, questo fu assegnato a noi: e sorse un altro muricciolo, con relativa cancellata; rimase il ciglione e sul ciglione i quercioli che ancora si sporgevano a guardare mandando in giù le loro ombre oramai inutili, e melanconiche anche, nelle sere di luna, quando già le coppie non venivano più neppure all'angolo della nuova strada.

Eppure qualche cosa di loro deve essere rimasta nell'atmosfera del luogo, poiché, senza contare le foglie rosse ardenti dei rampicanti della cancellata, che l'autunno fa cadere come cuori morti, un campo di tennis è sorto sul terreno del ciglione spianato; e giovani coppie, ardimentose e spregiudicate, in piena gloria di sole, vi intrecciano il gioco delle racchette e dell'amore.

Gli uomini anziani, ed anche qualche signora affaccendata, con una spazzola o l'ago in mano, guardano il campo dall'alto delle logge di ferro, seguendo con svago piacevole e quasi protettore il volo dei bei giocatori, che ricorda quello delle rondini marine sulle spiagge solitarie; e pensano che anche per essi, i giovani, il tempo passa e un giorno chiuderà lo sbocco delle strade d'amore. Ma intanto... Intanto, da una loggia che gode la completa visione della strada nuova e del campo attiguo, un vecchio signore da poco tornato dall'America del Sud, con molti quattrini e un diamante al dito, guarda con occhi melanconici e beffardi il nuovo paesaggio, e racconta che un tempo anche lui frequentava la villa del cardinale e partecipava alle feste nel giardino di querce, di pini e di rose.

- C'era un viottolo, qui sotto, incassato fra il muro e un ciglione erboso: pareva il sentiero di un bosco: lo chiamavano via Cupa, per la sua ombra profumata di mentuccia: tante volte ci sono passato anch'io. E, dico la verità, adesso, al mio ritorno, giorni fa, mi sono spinto fin quaggiù, con l'illusione che il luogo fosse ancora quello. Si viaggia il mondo, cara signora, si cambia stato e fortuna, si diventa vecchi, eppure, in fondo, si rimane sempre ragazzi.

Egli, discretamente, non dice se nelle passeggiate per via Cupa lo accompagnava una donna, forse di quelle leggiadre e grottescamente eleganti, che frequentavano la villa e il giardino del cardinale; forse quella ricordata dal vaccaro. Ma con la mano ancora fina, sebbene inguantata di rughe, fa un segno simile a quello della manaccia dell'impresario, cancellando il panorama del passato.

MEDICINA POPOLARE

Ricordo sempre le visite che si facevano a comare Marghitta, nel suo antro quasi sibillino in fondo ad uno dei vicoli più stretti, tortuosi, pietrosi e pittoreschi della nostra piccola città. Comare Marghitta era una specie di medichessa, diciamo pure di fattucchiera; ma non lavorava se non sicura di fare opera innocua ed anzi giovevole alla sua clientela: e non accettava denari, sebbene povera tanto da non avere scarpe, da non avere di che coprirsi d'inverno; ed era malaticcia, cerea, asmatica. Il suo primo dovere sarebbe stato quello di curarsi lei; eppure il suo stesso aspetto di vecchia fata travestita da mendicante per meglio provare il cuore della gente; e l'ambiente adatto alla sua figura, lo sfondo ove questa si delineava come in una illustrazione pubblicitaria, le giovavano a meraviglia.

Veniva gente di lontano, a consultarla; e sapendo che non accettava monete né oggetti di vestiario, le portavano roba da mangiare, anche dolci, anche vasetti di miele e di vino cotto; carne no, perché non ne voleva.

E noi dunque si andò, una prima volta, a consultarla per una presunta malattia della piccola nostra amica Giulietta: la tenevamo una per mano, io e un'altra amica, la bionda Giulietta tremante e paurosa; ma si ansava allegramente in compagnia, inciampando fra i ciottoli del vicolo, come su un sentiero di montagna; e si esitò, davanti alla porticina nera, in fondo, alta su due alti gradini di pietra corrosi e umidi; ma quando la donna apparve, sullo sfondo dell'antro, alta, scalza, con un grande fazzoletto nel cui cerchio il viso giallo pareva si affacciasse dalla feritoia di una torre, ogni timore dileguò: poiché i suoi occhi erano azzurri e dolci, e ci sorridevano, da una profondità luminosa, come quelli di una bambina felice. Nonostante la nostra curiosità alquanto morbosa, non ci lasciò entrare in casa: sedette sugli scalini, tirandosi la vecchia gonna di orbace sui grossi piedi che avevano come una suola di cuoio, e ci fissò in silenzio. Poi disse, con voce bassa e allegra: - Voi siete venute per divertivi: è giusto, è giusto: è la vostra età. Che mi avete portato di buono?

Le avevamo portato, legate in un fazzoletto da naso, noci e nocciole.

Ella le guardò, ma non mosse le mani, che aveva nascoste sul grembo entro le spaccature della gonna: e di nuovo ci sorrise, come a compagne di giuoco.

- Io non ho denti, per spezzarle: mangiatele voi, - disse, - e andate in pace.

Ce ne andiamo, mortificate e felici: allo sbocco del viottolo ci si presenta una coppia di paesani di un lontano villaggio; la donna è giovanissima, vestita bene, con ricami colorati intorno al corsetto e al grembiale di panno; ma è sottile e un po' curva, col viso che sembra una miniatura di avorio e gli occhi frangiati d'ombra: l'uomo pare il suo servo, alto e squadrato, con un viso barbuto di guerriero fenicio. Posa la grossa mano pelosa sulla spalla della fanciulla e sembra spingerla per aiutarla a camminare. Giulietta, la nostra finta malata apre la bocca per la meraviglia.

- Sono i nostri ospiti, padre e figlia, - dice, - sono parenti della nostra serva.

Così, per suo mezzo, più tardi si seppe che quei due erano venuti di lontano per consultare la brava Marghitta la quale aveva consigliato all'uomo, povero pastore di porci, che viveva tutto l'anno in un bosco di lecci in cima alla montagna, di condurre con sé la figlia già toccata ai polmoni, e farla vivere lassù. Per maggior scrupolo aveva versato in un bicchiere di acqua alcune gocce di un liquido magico, che, salite a galla, confermavano la sua ricetta.

Lassù, lassù, nella capanna del porcaro fra gli elci sempre verdi; lassù, anche nei tempi di vento, di freddo, di neve. Nessuno, neppure il padre, credeva efficace questa cura; eppure, in primavera, egli tentò. E la fanciulla rifiorì, come i ciclamini del bosco riprese colore; come le ghiandaie in cima agli elci, ritornò allegra e vivace. Così, anni ed anni prima che la scienza indicasse la cura della montagna per i tisici, la vecchia Marghitta aveva fatto il miracolo.

Se ne raccontano altri; di paralitici che, al suo comando, dopo pazienti fregagioni di balsami composti da lei, muovevano almeno le mani e si facevano il segno della croce; di bambini che, tardando a parlare, dopo certi suoi scongiuri e beveraggi pronunciavano il nome di *mamma*; di malati di otite che con gocce di latte spremute dalle mammelle di una giovine madre dopo il suo primo parto, guarivano quasi immediatamente; e casi di congiuntivite, guariti con l'alito di una gemella, dopo che ha masticato la ruta; e febbri di malaria troncate con polverine vegetali e gli immancabili scongiuri contro il demonio: poiché è sempre lo spirito maligno quello che procura il dolore all'uomo; se pure non si impossessa di lui, cacciandosi nelle sue viscere col verme solitario, con le infezioni, coi tumori e il mal di fegato; e, peggio ancora, con le idee fisse e deliranti. A tutto la donna trovava rimedio, facendo concorrenza persino ai sacerdoti per gli esorcismi permessi dalla Chiesa: e quando non arrivava a sollevare i malati con le sue erbe, le sue gocce, i suoi cataplasmi, per lo più di malva, di ortica, di giusquiamo e di altre erbe medicinali ritentava con gli amuleti, il sale e le pietre; ricorreva alle preghiere, e soprattutto le ordinava ai suoi clienti: il tale santo per la tale malattia, la tale santa per i casi più gravi; la Madonna, stella sopra tutte le stelle, sorriso di gioia che allieta anche il pensiero della morte, faro inestinguibile nel porto dove anche i ciechi ne vedono lo splendore, ultimo farmaco per le malattie senza più speranza.

E così, i preti brontolavano contro la donna, minacciandola di scomunica; ma le persone che ricorrevano a lei uscivano dal suo antro come da un tempio, con un senso di sollievo straordinario.

Ella aveva certamente, a sua insaputa, un potere di suggestione efficacissimo per gli spiriti semplici che si rivolgevano a lei: ma quello che le creava maggior credito era la sua stessa semplicità, la sua miseria permanente, il suo modo di fare materno e convinto. Era una donna in fondo sana e normale; certi suoi rimedi tradizionali risalivano ai primi tentativi dell'uomo sofferente che, come gli animali, dopo aver per istinto cercato le erbe, le acque, i semi e i frutti medicamentosi, si rivolse alla divinità e si sentì lenire il male con la sola speranza di una vita di là dove il male muore col nostro miserabile corpo.

Una volta, sul finire dell'estate, scoppiò un memorabile temporale, di quelli dei quali si dice: «A memoria d'uomo non si ricorda l'eguale». La terra tremò come per il terremoto, e il vento mugolò peggio di un mostro; ma il disastro maggiore fu la grandine, d'uno strano colore grigiastro; parevano ciottoli, lanciati da monelli infernali: tutti i vetri delle nostre finestre non riparate da persiane andarono in schegge; una servetta fu trovata svenuta, e quando riprese i sensi ci spaventò a sua volta, tanto era gialla e sconvolta in viso: anche le mani sembravano le zampe di un uccello di malaugurio; e gli occhi uova sode spaccate.

Era l'itterizia; ma la ragazza cominciò a contorcersi e piangere terrorizzata, affermando che una strega con un vestito rosso era saltata sopra di lei, riducendola in quel modo. Nessuno, neppure il vecchio apostolico medico di casa, neppure l'autorità un po' brusca del nostro zio canonico, riuscirono a convincerla del contrario. Ella aveva veduto la strega sinistra e fiammeggiante saltare sopra di lei, come un cavallo in corsa su una palizzata; e si rannicchiava, cercando di nascondersi; poiché le pareva che il gioco satanico dovesse ripetersi. Infine fu lei stessa che si propose di andare da Marghitta, per dissipare ogni dubbio. Marghitta sola poteva dire se ella era stregata, e trovare il rimedio: ma la ragazza si confidava solo con me, perché gli altri la disapprovavano.

Avevo allora quattordici anni, l'età della servetta, ed anche sopra di me era già passata una vampa soprannaturale, il volo di un arcangelo con gli occhi di sole, la spada di luce e di tenebre. E con questa spada aveva segnato, intorno a me, un cerchio, dal quale sentivo di non poter più uscire. Il male che ne risentivo era forse più grave di quello della ragazza, certo più inguaribile: mi assaliva già un'ansia di uscire dal cerchio fatale, di vedere le cose come le vedevano gli altri, di vivere come vivevano gli altri; e nello stesso tempo una specie di incantesimo pieno di una gioia che gli altri, anche i più felici, non potevano intorno a me provare, mi legava, come, si diceva dai credenti della scienza di Marghitta, certe fattucchiere di amanti legano, per tutta la vita, le persone amate.

Insomma, la malìa dell'arte. Ma, oltre l'istinto di guardare la vita sotto una luce che attraversando uomini e cose ne faceva vedere anche l'interno, provavo una curiosità, anzi un forte bisogno di controllare la realtà di queste, diremo così, rivelazioni: così, mi piaceva di andare nella valle o sui monti, per il godimento della natura, ma anche per vedere nel loro sfondo preciso i contadini e i pastori: e di penetrare nelle stamberghe dei poveri più che per carità per desiderio di studio. E così andai con la serretta nell'ambulatorio neolitico di comare Marghitta: con la scusa che anch'io avevo forse bisogno di consultarla. La ragazza ne fu tutta felice: mal comune mezzo gaudio: e poi, a dir la verità, aveva un po' di tremarella addosso all'idea di sottoporsi chissà a quali esorcismi, o di ingoiare una medicina amara. - Niente ingoiamenti, - le dico, stringendola per il braccio che sembrava un cero, - non ti lascio bere neppure acqua: ti devono bastare le cure esterne.

Si va, verso sera, con la scusa di un passeggino intorno a casa, e questa volta si riesce a vedere tutto l'interno della tana misteriosa: che poi non era come lo si immaginava; alla nera fuligginosa cucina di entrata seguiva una stanzetta pulita, con pavimento di fango battuto, sì, ma le pareti imbiancate con la calce e piene di immagini sacre: un finestrino alto, quasi sotto il tetto, dava luce alla camera: per chiudere lo sportello bisognava salire sulla spalliera di una seggiola. E fu mio il compito, quando la donna, che già aveva guardato la ragazza e capito di che si trattava, accese un lumicino ad olio e disse: - Bisogna chiudere.

Mi arrampico: un quadro noto, mai abbastanza ammirato, si apre di là dei bassi tetti sui quali guarda il finestrino: sono i monti, violetti sul cielo roseo del crepuscolo: una dolce luna d'alabastro vi si affacciava sopra, fra due ali di vapori orlati d'argento: e pareva l'angelo paffuto della sera di settembre.

Chiusi a malincuore lo sportello e saltai giù. La donna si era seduta sul suo giaciglio e stringeva la ragazza fra le sue ginocchia, mormorando versi in un gergo incomprensibile: erano i *verbos*, le antiche parole magiche, che mandavano via gli spiriti maligni: poi con una fettuccia unta la misurò dall'alto in basso, dalla punta di una mano all'altra, con le braccia ben distese: le misure non tornavano; mancava qualche centimetro alla lunghezza delle estremità: la ragazza era stregata. Io stavo bene attenta che la donna non le facesse ingoiare qualche intruglio, poiché la responsabilità era mia; Marghitta non ci pensava neppure; anzi mi accorsi che mi guardava in modo quasi malizioso quando, piegato il viso alla paziente, le fece tre segni di croce, domandandole con voce bassa e insistente:

- Sei stata in compagnia di qualche ragazzo? Rispondi: rispondi: tanto Dio sa tutto. Rispondi: ti ha baciato?

E fu una delle mie prime emozioni artistiche, quando sentii l'innocente vittima delle streghe rispondere che, sì, il figlio dell'ortolano, quel giorno del temporale, mentre si erano rifugiati in un ripostiglio, l'aveva baciata.

- FINE -